AF354395

Wilhelm Raabe

Die schwarze Galeere & Else von der Tanne

e-artnow 2018

Franz Werfel
Der Abituriententag

Franz Kafka
Gesammelte Werke: Romane, Erzählungen & Briefe (Über 90 Titel in einem Buch): Der Prozess, Das Schloß, Amerika, Betrachtung, Das Urteil, Die Verwandlung, …eines Hofes, In der Strafkolonie…

Fjodor Michailowitsch Dostojewski
Arme Leute

Nikolai Semjonowitsch Leskow
Gesammelte Werke

Fjodor Michailowitsch Dostojewski
Weiße Nächte

Hans Fallada
Wer einmal aus dem Blechnapf frißt

Fjodor Michailowitsch Dostojewski, Korfiz Holm
Gesammelte Werke: Romane + Novellen: Schuld und Sühne + Die Brüder Karamasow + Der Spieler + Der Idiot + Die Dämonen + …und Hochzeit + Ein Werdender und mehr

Fjodor Michailowitsch Dostojewski
Der Idiot

Fjodor Michailowitsch Dostojewski
Die DämonenDie Besessenen: Dostojewskis letzte anti-nihilistische Arbeit (Ein Klassiker der russischen Literatur)

Stefan Zweig
Vierundzwanzig Stunden aus dem Leben einer Frau

Wilhelm Raabe

Die schwarze Galeere & Else von der Tanne

e-artnow, 2018
Kontakt: info@e-artnow.org

ISBN 978-80-268-8983-0

Inhaltsverzeichnis

Die schwarze Galeere

Auf den Wällen von Fort Liefkenhoek

Es war eine dunkle, stürmische Nacht in den ersten Tagen des Novembers, im Jahre 1599, als die spanische Schildwache auf dem Fort Liefkenhoek an dem flandrischen Ufer der Schelde das Lärmzeichen gab, die Trommel die schlafende Besatzung wach rief und ein jeder – Befehlshaber wie Soldat – seinen Posten auf den Wällen einnahm.

Die Wellen der Schelde gingen hoch, und oft warfen sie ihre Schaumspitzen den fröstelnden Südländern über die Brüstungsmauern ins Gesicht. Scharf pfiff der Wind von Nordost von den »Provinzen« herüber, und die Spanier wußten schon lange, daß aus der Richtung ihnen selten etwas Gutes komme.

Auch auf dem Fort Lillo auf der brabantischen Seite des Flusses wirbelte die Trommel, klang das Horn: deutlich vernahm man durch das Getöse des Sturmes, durch das Brausen der Wasser fernen Kanonendonner, welcher nur von einem Schiffskampf auf der Westerschelde herrühren konnte.

Die Wassergeusen spielten ihr altes Spiel.

Was kümmerte dieses Amphibiengeschlecht der Sturm und die Finsternis? Waren Sturm und Nacht nicht seine besten Verbündeten? Wann hätte je ein Wassergeuse das stürmische Meer und die Finsternis gefürchtet, wenn es galt, seine Todfeinde zu überlisten, die Verwüster und Bedränger seines den Wogen abgekämpften Vaterlandes zu vernichten? Gräßlich aber war der Krieg ausgeartet.

Zweiunddreißig Jahre dauerte nun schon dieses fürchterliche Hin-und Herdrängen der kämpfenden Parteien, und noch war kein Ende davon abzusehen. Die Saat der Drachenzähne war üppig aufgegangen; wohl waren eiserne Männer emporgewachsen aus dem blutgedüngten Boden, und selbst die Frauen mußten verlernen, was Menschlichkeit und Milde sei. Es gab eine junge Generation, welche sich schon deshalb nicht nach dem Frieden sehnte, weil sie ihn gar nicht kannte.

Und war der Krieg schrecklich auf dem festen Lande, so war er noch viel fürchterlicher auf dem Meere. Auf dem Lande konnten immer noch Gefangene ausgewechselt oder losgekauft werden; Städte, Flecken und Dörfer konnten Brand und Plünderung abkaufen; auf der See gab es aber schon längst weder Pardon noch Ranzion. Für Barmherzigkeit wurde es geachtet, wenn man die gegenseitigem Gefangenen kurzweg niederstieß oder sie an der Rahe aufhing und sie nicht langsam auf die grausamste Art zu Tode marterte, sie nicht auf dem Verdeck kreuzigte und mit dem genommenen Schiff versenkte. –

Mit besorgter Aufmerksamkeit lauschten auf den Wällen von Fort Liefkenhoek Befehlshaber und Soldaten der Kanonade und teilten sich ihre Vermutungen gegenseitig mit. Der eine hatte diese Ansicht über die Kämpfenden, der andere jene Ansicht; aber zuletzt ging anfangs leiser, dann aber bestimmter und lauter von Mund zu Mund das Wort unter den Soldaten:

»Die schwarze Galeere! Wiederum die schwarze Galeere!«

Ein jeder sprach zwischen Zorn und unheimlicher Beklemmung dieses Wort aus:

»Die schwarze Galeere!«

Gegen ein Uhr legte sich der Wind, und auch die Kanonade schwieg; aber zwanzig Minuten nach ein Uhr flammte es plötzlich in weiter, weiter Ferne blutrot, blitzartig über den dunklen Wassern auf; das Leuchten zuckte über die Hunderte von bärtigen, wilden Gesichtern auf den Mauern von Liefkenhoek und Lillo, und eine halbe Sekunde später folgte dieser Lichterscheinung der dumpfe Knall einer größeren Explosion, womit das Gefecht zu seinem Ende gelangt zu sein schien, wie ein Trauerspiel mit einer Katastrophe endet. Man sah und hörte keine Anzeichen mehr, welche auf den Fortgang desselben deuteten. Obgleich die Besatzungen auf den spanischen Befestigungen noch lange harrten und lauschten, vernahmen sie doch keinen Schuß mehr. –

»Nun, was haltet Ihr davon, Sennor Jeronimo?« fragte der Kommandant von Liefkenhoek einen seiner Kapitäne, einen ältlichen, dürren Mann mit grauem Haar und Bart, mit Narben bedeckt vom Kopf bis zu den Füßen.

Der Angeredete, der bis jetzt ein wenig abseits von seinen Kameraden an der Brüstung gelehnt hatte, zuckte die Achseln.

»Fragt mich nicht danach, Sennor. Bei Gott und der heiligen Jungfrau, ich hab' es schon lange aufgegeben, über das zu grübeln, was uns dieser Krieg bringt. Der Panzer ist mir schier festgewachsen auf der Haut, und meinen Posten halt' ich bis zum letzten Tag; aber – damit auch genug.«

»Ihr seid sehr barsch, Jeronimo«, sagte der Kommandant, der ein viel jüngerer Mann als der alte Krieger war und erst kürzlich aus Kastilien angekommen war in den Niederlanden, um den Gouverneursposten auf diesem Fort an der Schelde anzunehmen.

»Herr Oberst«, sagte der Hauptmann Jeronimo, »seit manchen langen Jahren halte ich nun meine Stelle auf dieser Erdspitze und sehe die Wellen vorüberfließen. Ihr seid jung, Oberst, aber Euer Vorgänger war auch jung und edel. Leer stand er neben mir, an demselben Platz, wo Ihr jetzt steht, voll von jugendlichen Träumen und Siegeshoffnungen. Nun liegt er drunten unter den Wogen, und der, welcher ihm vorging, ist von einer Kugel gefallen bei Turnhout; er dachte auch siegesgekrönt heimzukehren in sein Schloß an der Tarata zu seinem jungen Weibe – bah! Und nun rechne ich an den Fingern zurück bis in das Ende des Jahres fünfzehnhundertfünfundachtzig, wo ich von Madrid zurückkam; Sennor, damals glaubte auch ich noch an Sieg und Ehre in diesem Krieg. Ich habe aufgehört, daran zu glauben, und Ihr werdet's auch, Oberst, so Euch Gott das Leben schenkt.«

»Ihr seid ein finsterer Träumer, Hauptmann! Aber sagt doch, in jenem ewig denkwürdigen Jahre wart Ihr in Madrid?«

»Ja.«

»In jenem glorreichen Jahr, wo der große Prinz uns Antwerpen zurückeroberte?«

»Ja.«

»So seid Ihr mit dem Alexander Farnese als Sieger in die Stadt eingezogen? O, Ihr Glücklicher!«

»Nein«, sagte der alte Soldat finster. »Ich bin nicht im Triumphzuge gewesen; man hatte mir einen andern Auftrag gegeben, um welchen man mich damals im Lager sehr beneidete. Ich war der Bote, welchen der tapfere Prinz mit der Nachricht von der Übergabe der Stadt zu Don Philipp – Gott habe seine Seele gnädig – sandte.«

»Ihr? Ihr, Hauptmann Jeronimo, durftet solche Botschaft dem König bringen? – O, dreimal Glücklicher! Bitte erzählt davon, wir dürfen den Wall doch noch nicht verlassen.«

Die andere Offiziere der Besatzung hatten sich allmählich näher an den Kommandanten und den Hauptmann herangezogen; jetzt bildeten sie als aufmerksame Zuhörer einen Kreis um die beiden. Es war nicht häufig, daß man den alten Jeronimo zum Erzählen brachte.

»Was ist davon zu sagen?« hub der Hauptmann an. »In der Nacht vom vierten auf den fünften September fünfzehnhundertfünfundachtzig hielt ich meinen atemlosen Gaul an vor dem Schloß zu Madrid, – ich bin ein Kind der Stadt und kann euch wohl sagen, ihr Herren, daß mein Herz doch hoch schlug, als ich den Manzanares wieder einmal rauschen hörte. Ich hatte von seinem Rauschen oft genug vor nicht langer Zeit im Feldspital im Wundfieber geträumt. Und das erreichte Ziel, die stolze Botschaft, die ich trug, die Erwartung einer fabelhaften Belohnung, die ich träumte, trieben mir auch das Blut heftiger in den Adern um. Finsternis und Grabesstille lagen auf der Burg und der Stadt; es war, wie ich nachher vernahm, am gestrigen Tage ein großes Autodafé gewesen, und die Bevölkerung schlief den Festestaumel aus; – alles schlief, selbst der König Don Philipp. Die Wachen hielten mir die Partisanenspitzen auf die Brust in dem Augenblick, als mein erschöpftes Roß unter mir auf dem Pflaster zusammenstürzte. Ich war ebenso atemlos vom letzten wilden Ritt, wie mein Pferd, aber doch hatte ich noch Kraft genug, zu keuchen: Briefe aus Flandern! Briefe an den König! Briefe vom Prinzen Alexander von Parma! Viktoria! – Die Waffen senkten sich, Hofleute eilten herbei, fragten mich aus, und dann wurde ich durch die Hallen des Schlosses zu dem Schlafgemach unseres Herrn geführt. Mein Herz erzitterte wie meine todmüden Glieder. Es schwamm mir vor den Augen, als ich in des Königs Kammer an dem Bette des Königs kniete und ihm den Brief des großen Prinzen reichte. Auf seinen Ellenbogen gestützt, erbrach unser Herr Don Philipp das Schreiben, überflog es mit seinen scharfen, scheuen Augen – der Oberkämmerer hielt die goldene Lampe – in Ewigkeit vergesse ich das Gesicht des Königs nicht, das Zittern nicht, welches die gelblichbleichen Züge überkam. Hoch auf richtete er sich von seinem Lager, hager und schwächlich, und stieß einen Ruf aus, der fast ein Schrei war:

›Antwerpen ist über! Antwerpen ist über!‹

Und die Lampe in der Hand des Höflings fing auch an zu zittern. Aus dem Bette erhob sich der König; er stützte sich ganz gegen die Etikette dabei auf meine Schultern, die Schulter des einfachen mit dem Staub und Schweiß der Wege bedeckten Soldaten. Die adligen Herren warfen ihm einen Rock um die Schultern; – seit der Nachricht vom Sieg bei Lepanto hatte solche Freudenbotschaft das Ohr des Monarchen nicht getroffen. Durch die Gänge des Schlosses eilte er schnellen Fußes an die Tür seiner Lieblingstochter, der Donna Clara Isabella Eugenia, klopfte, – was war der katholischen Majestät ihre Etikette in diesem Augenblick? – an die Tür der Prinzessin klopfte er, öffnete sie ein wenig, schob den Kopf in das Gemach und flüsterte der schlaftrunkenen, erschreckten Tochter zu:

›Antwerpen ist über! Antwerpen ist über, Donna Clara!‹

Wie regte sich dann das Schloß, als die große Nachricht sich verbreitete...«

»Und Ihr? Ihr, Sennor Jeronimo?« fragte der Kommandant von Fort Liefkenhoek seinen Hauptmann. »Was war Euer Lohn für solche freudiges glorreiche Botschaft?«

»Ja, was war Euer Lohn, Jeronimo? Ihr seid nicht Calatravaritter?« fragten die anderen Offiziere.

»Nein, ich bin nicht Ritter vom Calatravaorden«, antwortete der alte Krieger. »Und was meine Belohnung anbetrifft, nun, eine goldene Kette hing mir die katholische Majestät um, und ein Obristenpatent gab man mir auch.«

»Ah!« machte der Kommandant, und die übrigen Befehlshaber drängten näher heran.

»Jawohl«, sagte der Alte, »ich verstehe wohl, was Euer Blick sagen will, Sennor Colennello; er will sagen: nun, und was steht Ihr hier jetzt als mein Untergebener, als ein armer, halbinvalider Söldner? Ist es nicht so?« fragte er und blickte im Kreise umher. »Nun, ich will's Euch auch sagen, da ich grad am Erzählen bin. Knöpft die Ohren auf, junges Volk, es mag eine Lehre für euch drin liegen. Am dreizehnten Julius 1591 schlug der Prinz Farnese sein Lager vor Fort Knodsenburg, Nimwegen gegenüber, es zu belagern; aber Gerhard de Jonge, der niederländische Befehlshaber, war ein tapferer Mann und machte uns blutige Arbeit. Ihn zu entsetzen, rückte auch Moritz von Oranien über Arnheim in die Betau und zog nach gelegtem Hinterhalt her zur Rekognoszierung vor unser Lager. Da ritten wir aus, sieben Kornetten, spanische und italienische Speerreiter gegen den Feind. Kann euch sagen, wackere Ritter saßen auf: Francesco Nicelli, Alfonso Davales, Padilla, Jeronimo Caraffa, Decio Manfredi und andere. Des Herzogs Leibkornette führte ich an dem Tage – Fluch sei ihm! Vorwärts gegen den Feind ging's, und eilends zog sich dieser zurück, bis – wir in den Hinterhalt fielen und aufgerieben wurden bis auf den letzten Mann. O heftiger Gott, dreißig Wunden, ehrliche Narben trug ich schon damals auf dem Leib, bei jedem Gefecht hatt' ich geblutet, und dieses Mal – dieses Mal, als alle Gefährten tot und wund das Feld deckten, blieb ich allein unverletzt. Des Herzogs von Parma sieghafte Standarte aber, die ich führte, blieb in der Hand des Feindes! Einen gestickten Christus trug sie mit der Unterschrift: 'Hic fortium dividet spolia'. – Da ging meine Kriegsehre zugrunde. Am folgenden Tag riß man mir die goldene Ehrenkette ab, die mir Don Philipp gegeben hatte; meine Stelle bekam ein anderer, Glücklicherer; ich durfte mich als gemeiner Söldner in der großen Masse verlieren; meinen Namen warf ich fort und nahm Dienste in einem deutschen Regiment, grau und gebeugt ward ich in einer einzigen Stunde, Hauptmann unter meinem jetztigen Namen auch wieder und so – Euer Untergebener, Kommandant, euer Kamerad, ihr Herren – wendet euch nicht ab!«

Der Kommandant von Fort Liefkenhoek reichte dem Erzähler die Hand und schüttelte sie stumm und herzlich: auch die andern drängten sich, ihm die Hände zu reichen.

»Basta!« sagte der Alte. »Was tut's, zuletzt ist's doch alles einerlei. Wieviel Glanz, Ehre und Ruhm hab' ich verlöschen sehen – im Eskorial schläft Don Philipp der Zweite; zu Parma liegt der große Prinz Alexander; – wo blieb Fernando Alvarez von Toledo, der Herzog von Alba? Wo blieb unser gewaltiger Feind Wilhelm der Schweigende?« 'Quo pius Aeneas, quo divus Tullus et Ancus?' lachte ein junger Fähnrich, der eben erst der hohen Schule zu Salamanca entlaufen war; aber niemand achtete seiner, und der Kapitän Jeronimo fuhr fort: »Basta, Kameraden; ein jeder tue seine Pflicht und halte sich für einen ehrlichen Mann! Sennor Kommandant, laßt die Leute das Gewehr wegsetzen, die rote Ruhr streicht sie Euch morgen sonst von der Musterrolle. Die Geschichte auf den Wassern dort drüben ist zu Ende – seine katholische Majestät Don Philipp der Dritte und seine genuesischen Gnaden Signor Federigo Spinola haben ein gutes Schiff weniger. Laßt die Leute schlafen gehen, Oberst; morgen werdet Ihr schon das Weitere und Nähere erfahren.«

»Ihr glaubt, Unglücksverkünder? Ach, Euer teuflisches Mißgeschick hat Euch den frischen Mut allzu sehr geknickt. Faßt Mut, wackerer Jeronimo.«

Der Hauptmann zuckte nur die Achseln.

»Nun, es sei«, sagte der Kommandant. »Laßt die Zeichen geben, die Wälle zu verlassen. Nachher erwarte ich euch alle, meine Herren, zu einem Trunk Wein; es wird ja doch wohl keiner von euch mehr schlafen in dieser Nacht. Mut ihr Herren, und Spanien für immer!«

Die Offiziere riefen das letzte Wort ihres Befehlshabers nach, aber doch mit ziemlich beklemmten Stimme. Dann wirbelten die Trommeln, und die Truppen zogen zurück von den Wällen des Forts Liefkenhoek.

Der Kommandant blieb aber noch zurück, stützte seufzend die Ellbogen auf die Mauerbrüstung und legte das Kinn auf die Hände. So starrte er auf die Wasser und in die Nacht hinaus und murmelte:

»Er hat recht; es ist ein leidig Ding um diesen Krieg. Vierzehn Jahre flattert nun wieder das Banner von Spanien auf diesen Wällen und auf den Mauern und Türmen von Antwerpen; sind wir aber darum nur einen Schritt weiter in der Besiegung dieses heldenmütigen, starrköpfigen Volkes? Welche Männer haben auf dieser winzigen angeschwemmten Erdscholle gekämpft und geblutet! Welche Männer haben gekämpft um diesen Fleck! Wie leuchtende Sterne glänzen durch die Zeiten die Namen von Freund und Feind, die Namen Alexander Farnese, Mansfeld, Mondragone, Johannes Pettin von Utrecht, Aldegonde, Gianibelli, Johannes Baptista Plato, Barrai, Capisucchi, Olivera, Paz, La Motta, Delmonte und hundert andere. Tausend und aber tausend Ungenannte liegen dort unter dem Sande, unter den Fluten; – wie viele werden noch darin versinken?«

Die Besatzung hatte sich längst zurückgezogen, und man vernahm nichts mehr auf dem Wall von Fort Liefenhoek, als den Ruf und Schritt der Ronden und das Brausen der Wogen und des wiedererwachenden Sturmes.

Nochmals umschritt der Kommandant seine Mauern und schärfte den verdoppelten Wachen ein, ja gute Wacht zu halten; dann stieg auch er hinab und suchte seine Wohnung auf, wo er seine Offiziere, seiner Einladung gemäß, alle bereits versammelt fand. Nur der Hauptmann Jeronimo fehlte; er pflegte immer zu fehlen bei den Gelagen seiner Kriegsgesellen; man ließ ihn gewähren, bedauerte ihn und scherzte und lachte über seine Prophezeiungen.

Der Alte aber hatte doch recht! Wohl hatten in dieser Sturmnacht der katholische König und Friedrich Spinola von Genua ein wackeres Schiff verloren. Der nächste Morgen warf die verkohlten Trümmer der Immacolata Concezione an die Dünen von Südbeveland dem ketzerischen Volk vor die Füße, und die Abendflut trug mehr als eine verstümmelte Leiche mit der hispanischen Feldbinde zu den Mauern von Fort Bats. Die schlimme Voraussagung des Kapitäns Jeronimo war eingetroffen, die Wassergeusen hatten den Sieg behalten in dem nächtlichen Gefecht.

An Bord der Andrea Doria

In die Stadt Antwerpen brachten Fischer die Botschaft von dem nächtlichen Vorgang, und groß war darob, je nach der Parteistellung, der heimliche Jubel oder die laute Wut der Bevölkerung.

Auch in der Stadt lief baldigst durch das Volk der Name der »schwarzen Galeere« und wurde mit mehr oder weniger Zuversicht mit dem geschehenen Unheil in Verbindung gebracht.

Wer konnte in solcher Sturmnacht, wie die vergangene war, solche Tat anders getan haben als die schwarze Galeere?

Auf den Plätzen, in den Gassen, in den Werkstätten, in den Kirchen, auf dem Rathause und in der Zitadelle wurde das Wort gehört. Auf den Kriegs-und Handelsschiffen, die am Kai, dicht an den Häusern und Mauern der Stadt vor Anker lagen, lief es um. Überall, wie gesagt, sah man Bestürzung oder geheimes Frohlocken auf den Gesichtern.

»Die schwarze Galeere! Die schwarze Galeere!« –

Das war Federigo Spinola, ein edler Genueser Patrizier, ein unternehmender Sohn des berühmten Geschlechtes jener reichen Republik, welcher mit dem König von Spanien, Philipp dem Dritten, einen Vertrag abgeschlossen hatte, für den Dienst der katholischen Majestät eine Flotte gegen die niederländischen Rebellen auszurüsten und dieselbe in die Nordsee zu führen. Alle Beute, alle Schiffe, welche den Ketzern abgenommen wurden, waren Eigentum des Admirals Federigo, und so fuhr er mit einer bedeutenden Anzahl Galeeren und Galeonen, bemannt mit sechzehnhundert kühnen Männern, aus von Genua, schiffte durch die Straße von Gibraltar, umfuhr das Kap Finisterre, nahm im Busen von Biscaya eine große Anzahl verwegener biscayischer Piraten und Kaper in sein Schiffsgefolge auf, desgleichen eine große Anzahl Dünkirchner Freibeuter und erschien am 11. September 1599 im Hafen von Sluis, wo er Anker warf und von wo aus er seine Tätigkeit in dem nordischen Meer begann.

Zum erstenmal wurden die Wellen der Nordsee von diesen romanischen Ruderfahrzeugen gepeitscht, deren sich bis dahin nur die Anwohner des Mittelländischen Meeres bedient hatten. So kam es, daß anfangs selbst die wackern, nichts fürchtenden seeländischen Schiffsleute den Schrecken des Unbekannten fühlten vor diesen italienischen Galeeren, die gleich riesenhaften Wasserkäfern mit hundert Ruderfüßen die Wogen schlugen.

So machte Federigo Spinola anfangs ein vortreffliches Geschäft und gewann manch reichbeladenes Kauffahrteischiff, manch armes Fischerboot den Niederländern ab, bis der erste Schrecken von den letzteren überwunden war und sie es wagten, den neuen Feinden kühner an den Leib zu gehen. Ein zahlreiches Geschwader sandten die Generalstaaten aus, und in einem heißen Gefecht ward nicht nur eine große Anzahl der feindlichen Kaper vernichtet, sondern sogar auch eine der schrecklichen Galeeren genommen.

Im Triumph brachte man das merkwürdige Schiff nach Amsterdam, und hier wurde nach diesem Modell ein ähnliches Fahrzeug gebaut und mit den kühnsten Herzen und Händen bemannt. Drohend schwarz war seine Farbe, und bald genug wurde die schwarze Galeere den Spaniern und dem Admiral Federigo Spinola schrecklich. Die Spekulation des Genuesers trug von da an nicht mehr so gute Früchte wie im ersten Anfang. So war die schwarze Galeere kein Geisterschiff, kein Gespensterschiff, sondern ein Ding von Holz und Eisen, und seine Bemannung war auch keine Gespensterschar. Wesen von Fleisch und Blut kletterten in den Tauen, richteten die Segel, luden die Drehbassen, schlugen die Lunten auf und enterten die feindlichen Schiffe mit dem wilden Schrei:

»Lieber Türk als Pfaff!« – – –

Über die schwarze Galeere unterhielt sich auf den Plätzen und in den Gassen der großen Handelsstadt Antwerpen das Volk, und jeder Nachbar wollte Genaueres wissen über das Gerücht, daß das treffliche Ruderschiff, die unbefleckte Empfängnis, gestern Nacht durch die Seeländer in die Luft gesprengt worden sei.

Dann wurde es allmählich wieder Abend; ein dichter Nebel stieg auf von der Schelde und legte sich über die ganze Stadt Antwerpen. Die Lichter am Kai schimmerten rötlich durch den Dunst, feucht träufelte es aus dem Tauwerk der Galeone Andrea Doria, welche dicht unter den

Mauern und Häusern am Kai vor Anker lag und auf deren Deck der Capitano Antonio Valani, ein junger Mann von ungefähr dreißig Jahren, in seinen Mantel gehüllt, auf und ab schritt, während die Wellen des Flusses leise klatschend den Bauch seines Schiffes umspülten und von dem Kai und der Stadt her noch dumpf das Getöse der regen Bevölkerung hersummte.

Eben hielt der Kapitän in seiner Wanderung ein und starrte nach den Lichtern der Stadt, die über die Mauer schimmerten, hinüber, als an seiner Seite sein Leutnant Leone della Rota, ein Jugendfreund aus der Strada Giulia, erschien und ihm die Hand auf die Schulter legte:

»So in Gedanken, Antonio?«

Der Angeredete blickte fast erschreckt in die Höhe.

»Ah, du bist's, Leone? Nun, bringst du eine Nachricht von draußen?«

»Ja, aber leider eine sehr schlechte. Sie ist vom Fort Liefkenhoek an den Admiral gekommen; die Geschichte von der vorigen Nacht ist wahr. Die Immacolata hat der Teufel geholt, Schiff und Mannschaft, Mann und Maus. Nur der Kajütenjunge ist bei Fort Bats auf einer leeren Wassertonne lebendig an das Land geritten. Da hat's großen Jubel unter den Ketzern gegeben, und die seeländischen Weiber – schauderhaft häßliche Kreaturen, Antonio – haben den Burschen fein säuberlich abgetrocknet und ihn mit einem gottverdammten Kompliment hierher an seine Exzellenz, den Gouverneur, geschickt. Sie haben ihn oben auf der Zitadelle gehabt; na, wir werden wohl bald vom Admiral Nachricht erhalten.«

»Gott gebe es«, rief der Kapitän des Andrea Doria, unwillig sein Deck mit dem Fuß stampfend. »Leone, ich halt's nicht mehr aus, hier so müßig vor Anker zu liegen!«

»Müßig?!« lachte der Schiffsleutnant. »Nun, beim schönen Leib der Venus, das wüßte ich doch nicht. Ich sollte denken, wir hätten die Zeit, welche wir hier vor Anker liegen, doch nicht so ungenutzt verstreichen lassen. Corpo di Bacco, was für eine stolze Eroberung hab' ich gemacht an der feisten Signora dort in der Taverne zum Wappen von Alcantara. Ich bitte dich, Antonio.«

»Du nimmst das Leben noch leicht, Leone!« sagte der Kapitän seufzend.

»Oheim«, lachte der Leutnant, »fasse dich doch an deinen eigenen Busen, Freund, und sing mir nicht solche Phrasen vor. Ah, wende den Blick nicht so kläglich seufzend weg von mir. Bitte, schau meinem Finger nach, – dort, sieh, jenes Licht dort über der Stadtmauer – in jenem Eckfenster! Folge nur meinem Finger, siehst du es? Ohe, Antonio, Antonello, Capitano, Capitanino, wer wohnt dort? Sag mir, wer hat jenes Lichtchen angezündet? Ist es nicht das süßeste Kind, welches dieses hyperboräische Land, ich sollte sagen, dieser hyperboräische Sumpf, jemals, so lange es hier regnet, und das ist sehr lange, wie mir deucht, – hervorgebracht hat? He, ist nicht Antonio Valani, Kapitän dieser guten Galeone Andrea Doria, mit Leib und Seele den zwei blauen Augen und den blonden Haarflechten dieser bella Fianuninga verfallen?...wieder ein Seufzer? O Antonio, Antonio, bei unserer lieben Frau von Eythere, du bist doch ein gar trübseliger Gesell!«

Unwillig wandte sich der Kapitän ab.

»Ach laß mich, Leone; – bitte, geh zu deiner fetten Signora. Ich gebe dir Urlaub für die ganze Nacht bis zum ersten Hahnenschrei, daß ich dich und deinen losen Mund nur los werde vom Schiff. Geh, ich bitte dich, gehe und quäle mich nicht länger durch dein heiteres Gesicht. Wahrhaftig, ich gönne dir das leichte Blut und den lustigen Lebensmut; aber nun laß auch mir die einsame Stunde, wenn du mein Freund bist. Es sieht wüst in mir aus!«

»Antonio«, sagte der Tenente ernster, »Antonio, bei meiner Ehre, ich wollte dich nicht quälen. Die dicke Wirtin im Wappen von Alcantara mag warten und nach der Türe lugen, so lang es ihr beliebt; – ich gehe nicht. Was Teufel, sprich, Carissimo, wie steht's mit dir? Vertraue mir, was dich bedrückt! Die böse Nachricht aus der Westerschelde ist's nicht; – vertraue mir, sollte es wirklich Wahrheit sein, was ich für Scherz nahm und scherzhaft behandelte? Solltest du im Ernst den Banden der blonden Zauberin verfallen sein?«

Der Kapitän Antonio seufzte hier recht tief, ohne zu antworten, und Leone fuhr fort:

»Und sie spielt die Grausame gegen dich? Gegen dich, den Liebling aller Damen in der Strada Balbi und in allen übrigen Straßen, Gassen und Sackgassen unserer lieben Vaterstadt Genova superba? Bei der Beherrscherin von Paphos, das verdient Strafe, die härteste Strafe. O, diese liebreizende Barbarin!... Antonio Valani, Vorgesetzter und Freund, mit Schwert, Herz und Kopf steh' ich zu deiner Hilfe neben dir. Was wollen wir tun, das süße Kind dir zu gewinnen?«

Was darauf gesprochen wurde zwischen dem Kapitän und seinem Leutnant, wurde unterbrochen und ging verloren in dem Anruf des wachhabenden Schiffssoldaten an der Laufplanke; Trommelwirbel erschallte vom Kai herüber, Fackeln leuchteten, Waffen blitzten, Der Admiral Friedrich Spinola kam nachzuschauen, wie es aussah auf dem Andrea Doria und den übrigen Schiffen seiner Flotte unter den Mauern von Antwerpen. Er befand sich in der übelsten Stimmung, wie Antonio und Leone wohl merkten, als sie zu seinem Empfange herbeieilten. Sehr grimmig stampfte der Signor Federigo einher im Kreise seiner Kapitäne, die sich an Bord des Andrea Doria um ihn versammelten. Der unglückliche Kampf der letzten Nacht lag ihm schwer auf der Seele. Ging das so fort, so fiel das Geschäft keineswegs so lohnend aus, wie es aussah auf dem Pergament, auf dem Vertrage, auf welchem Don Philipp der Dritte von Hispanien sein Yo el Rey über die Unterschrift des Genueser Nobiles gesetzt hatte.

»Hinaus mit euch allen!« schrie Don Federigo im Kreise seiner Kapitäne wütend, »hinaus in die See, und fangt nur diese verruchte schwarze Galeere. An ihre eigenen Rahen knüpft mir die ganze Mannschaft, und die Hölle habe ihre Seelen. Cospetto, morgen mit Tagesanbruch lichten die Anker die vier Galeeren, die hier noch vor Anker liegen. Hört ihr, Signori? Der Andrea Doria bleibt allein noch hier und erwartet nähere Befehle. Hört ihr, ihr Herren von den Galeeren, – morgen früh. Botschaft ist schon nach Sluis an die dortigen Befehlshaber gegeben, ebenfalls mit allen freien Schiffen in See zu gehen. Die schwarze Galeere – bringt mir die schwarze Galeere, oder der Satan –«

Ab stapfte der Admiral, den Rest seiner Rede verschluckend, und die Kapitäne schauten sich gegenseitig mit Grimassen an und dem Admiral nach:

»Diavolo – das war spanischer Pfeffer! – Auch eine Arbeit, die leichter zu bereden als zu tun ist! – Nun, ihr Herren? – die schwarze Galeere! – Gestern habt Ihr ja wohl Euren Koch gehängt, Francisco? – Jawohl, schade drum! – Sluis! – Spinola! – schwarze Galeere!« so ging das an Bord der Andrea Doria durcheinander, bis endlich ein Befehlshaber nach dem andern sich entfernte, um die Vorbereitungen für die morgende Abfahrt zu treffen.

Antonio Valani und Leone della Rota fanden sich erst nach geraumer Zeit wieder allein auf ihrem Verdeck.

»Also die andern segeln, und wir bleiben hier? Auch gut!« sagte Leone. »Gehen wir also auf unsere eigene Jagd aus, Antonio, vor allem aber gehen wir jetzt zur Taverne. Ausführlich sollst du mir dort alles erzählen, was dein Verhältnis zu der holden Flamländerin betrifft.«

»O nicht doch, Leone, laß mich!«

»Nein, nein; du sollst und mußt. Ich will dich heilen, Carino; ich bin ein guter Arzt in solchen Leiden. Manch einer hat's erfahren, und du sollst es auch erfahren, Tonino.«

Widerwillig ließ sich der Kapitän fortziehen von seinem Schiff. Unmutig folgte er dem Luogotenente durch die Gassen von Antwerpen zur Taverne zum Wappen von Alcatara, wo die dicke Wirtin sich in den lustigen Leone della Rota verliebt hatte und der Schatz freie Zeche und – freies Quartier hatte, so oft es ihm angenehm schien. Es war ihm aber sehr oft angenehm und gelegen.

Jan und Myga

In einem der hohen Giebelhäuser hinter der Stadtmauer am Kai von Antwerpen saß am folgenden Abend Myga van Bergen neben ihrer kleinen Lampe, ganz in Trauer gekleidet, – die Tochter des weiland so reichen und angesehenen Kaufmanns Michael van Bergen, von dem es jetzt heißen konnte: *Supremum diem obiit, senex et pauper.*

Wie wenn ein Sack voll neugeprägter Goldstücke ausgeschüttet wird, so, klang vor fünfzehn oder zwanzig Jahren die Firma van Bergen und Norris jedermann ins Ohr. Eins der reichsten Häuser des reichen Antwerpens repräsentierte diese Firma. Auf allen Meeren schwammen ihre Schiffe, ihre Warenhäuser waren voll der köstlichsten Schätze Indiens und Amerikas; ihre Schreibstube war voll emsiger Schreiber. Ja, vor zwanzig Jahren hättet ihr auf der Börse oder im Haus der Oosterlinge, der großen Hansaniederlage, nach der Firma van Bergen und Norris fragen sollen; wahrlich guter Bescheid würde euch zuteil geworden sein.

Nun aber war Johann Geerdes Norris längst gestorben zu Amsterdam, und vor vierzehn Tagen war ihm zu Antwerpen sein ehemaliger Kompagnon in das Grab gefolgt, als Bettler.

Hättet ihr jetzt an der Börse oder im Hause der Hansa nach der Firma van Bergen und Norris gefragt: man hätte euch eure Frage vielleicht mehr als einmal wiederholen lassen und dann den Kopf geschüttelt. Wer kannte jetzt noch die Firma van Bergen und Norris? Nur die ältesten Kaufleute und Makler wußten sich ihrer noch zu erinnern.

Wie war das gekommen?

Die Antwort darauf ist leicht zu finden. Als das Haus van Bergen und Norris in seinem höchsten Glanze strahlte, regten sich tätig zweimalhunderttausend Einwohner in den Mauern von Antwerpen; jetzt waren dieselben auf achtzigtausend zusammengeschmolzen. Genügt euch das?

Werfen wir einen Blick zurück in die vergangenen Tage!

Das war am zwanzigsten August des bösen Jahres 1585. An diesem Tage hielten die Reformierten ihren letzten Gottesdienst in der Kathedrale. Nach der Kapitulation, welche die Stadt mit ihrem gewaltigen Dränger, dem Prinzen Alexander von Parma, abgeschlossen hatte, sollte am folgenden Tage der Katholizismus wieder Besitz nehmen von dem Heiligtum unserer lieben Frau, das er so lange den Ketzern hatte überlassen müssen.

Es war ein feierlicher, seltsamer Augenblick, als nun an diesem zwanzigsten August nach der letzten protestantischen Predigt die Tonwogen der protestantischen Orgel verrollten. Eine tiefe Stille trat ein, das Volk saß mit gesenkten Häuptern und betete leise und brünstig. Dann aber brach es aus – ein Ton halb Seufzer, halb unterdrückter Wutschrei – langhallend – Schmerz und Ingrimm! Ein Rauschen entstand, von den Sitzen erhob sich die Versammlung und stürzte wild und wirr gegen die Kirchtüren, gegen die hohen Portale, welche der katholische Teil der Bevölkerung bereits umlagerte.

Triumph und Niederlage!

Mönche aller Orden drängten sich hohnlächelnd oder drohend den gedemütigten, still weinenden oder grollenden Ketzern in den Weg, ihre Rosenkränze frohlockend erhebend.

Wie lange war es her, seit sie vor dem Rufe: »Papen uyt! Papen uyt! Die Pfaffen fort! Fort mit den Pfaffen!« diesen selben Ketzern hatten weichen müssen?

So wechseln die Geschicke der Menschen, so wechseln Triumphe und Niederlagen im Kampfe der Geister.

Am zwanzigsten August bestand noch in voller Kraft und großem Ansehen das Handlungshaus van Bergen und Norris; – am siebenundzwanzigsten August löste sich die Firma. Alexander Farnese zog mit großem Pompe in die gewonnene Stadt ein; Jan Geerdes Norris verließ sie mit seinem zehnjährigen Söhnlein und vielen anderen, welche die spanische Gewalt nicht ertragen wollten. In der Stadt zurück blieb Michael van Bergen mit seinem sechsjährigen Töchterchen. Jeder der beiden Kompagnons handelte nach seinem Charakter, der starkmütige, zornmütige Norris und der ängstliche, weiche van Bergen. Der eine trotzte dem Verhängnisse, solange es ging, und wich, als der Kampf entschieden war, an dieser Stelle, um ihn anderswo wieder aufzunehmen. Der andere beugte sich den Verhältnissen und litt schweigend, was er nicht zu ändern vermochte.

Doch das ist lange vorüber, und unsere beiden Helden sind nicht Geerdes Norris und Michael van Bergen, sondern Jan Norris und Myga van Bergen, die Kinder der einst so berühmten Firma.

In was für einer schreckenvollen, verwüsteten, grauenhaften Welt hatten die beiden Armen das Licht erblickt. Wie oft waren die Wiegenlieder der Mutter durch das Krachen des Geschützes nah und fern zum Schweigen gebracht worden. Wie oft hatten die Väter Söhnchen und Töchterlein niedersetzen müssen vor den Knien, weil die Notglocke sie hinausrief auf die Wälle oder zum Rathaus!

Arme kleine Wesen! Niemals hatten sie gleich andern, in glücklicheren Zeiten geborenen Kindern gefahrlos in schattigen Wäldern, auf grünen Wiesen sich herumtummeln dürfen. Niemals hatten sie die blauen Kornblumen, den roten Feldmohn vom Rande der Ackerfelder zum Kranze winden dürfen.

Die Wälder füllten ja die streifenden Parteien des katholischen Königs, die wilden Rotten der Waldgeusen, das rechtlose, heillose, versprengte Gesindel aller Völker Europas.

Auf den grünen Wiesen schlugen die Heere Spaniens, die Söldnerhaufen aus Deutschland, England, Frankreich, Italien, die Krieger der Provinzen, des Prinzen von Oranien ihre Hütten und Gezelte auf.

Die Kornfelder fielen, noch ehe die goldene Frucht reifte, noch ehe die roten und blauen Blumen blühten, den Rossen und Fußtritten der ziehenden Heerscharen zum Opfer.

Wo war ein friedliches Fleckchen zu finden auf diesem zertretenen Erdenwinkel, welchen der König von Spanien sein Eigentum nannte?

In den engen, dunkeln Gassen der Stadt Antwerpen hinter den hohen Mauern, Wällen und Türmen Paciottis hatten die armen Kinder ihre Spielplätze, und oft genug waren auch diese unsicher und gefahrbringend. Oft genug verwandelten sich die Häuser der Bürger in Kerker, in welchen die Bewohner sich selbst einschließen, in welchen sie ihre eignen Kerkermeister sein mußten, um sich vor dem draußen umgehenden Unheil zu schützen.

Ganz anders mußte sich die Weltanschauung dieser beiden Kinder als anderer, glücklicherer gestalten, und manche schöne Blüte wurde durch das finstere, kalte Gewölk, das über den Zeiten lag, in der Knospe erstickt und vernichtet.

Wie oft sahen Jan und Myga während der ganzen langen Belagerungen des Prinzen von Parma von den Fenstern aus, in welchen sie ihre bunten Puppen und Tiere aufstellten, den Krieg mit seinen Schrecken in der Gasse vorüberziehen!

Ein Paar sollten Jan und Myga werden, hatten die Väter und Mütter unter sich ausgemacht, als die große Firma van Bergen und Norris noch stand. Als die Kapitulation zwischen dem Prinzen Alexander und der Stadt aber unterzeichnet wurde, zerriß in seinem Sinn Jan Geerdes Norris den Vertrag über das Hochzeitsbündnis seines Söhnleins mit dem Töchterlein seines Kompagnons Michael van Bergen. Die Ehefrauen der beiden Handlungsherren waren damals bereits beide tot.

Am siebenundzwanzigsten August 1585 wurden die beiden Kinder voneinander getrennt, und der zehnjährige Bube, das sechsjährige Mädchen schluchzten bitterlich darüber; aber es war Krieg, und der Krieg trennt wohl noch viel grausamer Herz von Herzen. Man hielt sich versichert, daß die beiden Kinder ihre ersten Jugenderinnerungen bald genug vergessen haben würden.

Wir wollen sehen, ob dem so war. –

Die Jahre sind vergangen, – tot ist Johann Geerdes Norris, tot ist Michael van Bergen, nachdem sein Reichtum vergangen ist wie Schnee an der Sonne.

In ihrem Stübchen hinter der Mauer am Kai zu Antwerpen saß Myga in ihren schwarzen Trauerkleidern, – ein wunderholdes Jungfräulein, noch gar bleich von den langen Nachtwachen am Bette ihres sterbenden Vaters. Sie spann, – ihre Augen waren voll Tränen und ihr Herz voll unausgeklagter Schmerzen und Sorgen. Seit dem Tode ihres Vaters war das arme Kind ganz einsam in der großen Stadt, in einer so wilden Zeit, wo die Schwachen fast rechtlos jeder Unterdrückung, jedem Übermute preisgegeben waren.

Ganz verlassen war Myga van Bergen?

Armes Kind! – Daß sie nicht ganz verlassen war, gehörte auch mit zu den Sorgen Mygas.

Wohl kümmerte sich noch jemand um das Kind Michaels van Bergen, wohl wußte die Waise, daß ein treues Herz ihr geblieben war, daß – Jan Norris von Amsterdam den letzten Blutstropfen für sie hingeben werde; aber Jan Norris war ein Verfemter, dem der Galgen drohte, wenn eine spanische Hand ihn griff in den Gassen von Antwerpen. Und Jan Norris, der Wassergeuse, erschien oft in mancherlei Vermummung in den Gassen von Antwerpen.

Jan Norris hatte seine Jugenderinnerungen nicht so bald vergessen, wie Jan Geerdes Norris, sein Vater, meinte.

Noch immer waren Jan und Myga Bräutigam und Braut. Keine Macht auf Erden sollte sie trennen, hatten sie sich gegenseitig geschworen; was jedoch daraus werden sollte, wußte aber, solange der alte Michael noch lebte, keines von beiden zu sagen.

Nun war Michael van Bergen tot und begraben seit vierzehn Tagen; aber Jan war verschwunden seit Monden. Lebte er noch? Hatten ihn die Wogen verschlungen? Hatten ihn die Spanier beim Entern gefangen und gehangen? Wer konnte das sagen?

Was sollte die arme verlassene Myga anfangen in der wüsten Welt, wenn Jan tot war?

Die Nacht rückte allmählich vor; aber Myga fürchtete sich, sich niederzulegen. Schlafen konnte sie doch nicht vor Gram und Beklemmung, was sollte sie im Bette? Es wurde allmählich recht kalt im Stübchen, aber die Waise schien die Kälte nicht zu spüren, sie legte nicht neue Kohlen in den winzigen Kamin. Sie stellte die Spindel weg und bedeckte das Gesicht mit den Händen, das Haupt zur Brust neigend. So saß sie noch eine geraume Zeit, bis sie sich endlich fröstelnd doch erhob, um ihre Lagerstatt zu suchen.

Noch einmal beugte sie sich zu den Riegeln ihrer Tür nieder, um nachzuschauen, ob dieselben auch ordentlich vorgeschoben seien, als sie auf einmal horchte – atemlos horchte.

»Myga?!« flüsterte es draußen.

Die Waise erzitterte am ganzen Körper.

»O mein Gott!«

»Myga?!« flüsterte es noch einmal durch das Schlüsselloch.

Mit einem Schrei schob das junge Mädchen die Riegel weg, drehte den Schlüssel im Schlosse. Auf flog die Tür, und ein Jüngling in der Offizierstracht eines Söldnerregiments mit der spanischen Feldbinde über der Schulter hielt im nächsten Augenblick das schöne Kind in den Armen.

»Myga, o Myga!«

»O Jan, Jan, lieber, lieber Jan!«

Heiße Küsse ersetzten für die nächsten Minuten das Wort den beiden. Dann aber sank Jan Norris, wie es schien, vollständig erschöpft, auf den nächsten Stuhl, und Myga bemerkte nun erst die Unordnung der Kleider ihres Geliebten, bemerkte, daß er den Hut verloren hatte, daß seine Wangen von einer leichten Schramme blutete.

»Um Gottes willen, was ist wieder geschehen, Jan? Ich zittere o, du hast dich wieder einmal tollkühn in Gefahr gestürzt – o Jan, Jan, böser Jan!«

»Wahrhaftig, um ein Haar, so hätten sie mich diesmal erwischt, Myga! Aber fürchte dich nicht, süßes Lieb, nur beinahe hätten sie mich gepackt – Teufel, wie ein Hund hätte ich freilich gebaumelt, wenn's nicht so gut abgelaufen wäre!«

»O Jan, und du willst mich lieben? Du willst mich erretten aus dieser Stadt? O barmherziger Gott! Zugrunde wirst du gehen und ich auch, und mein Vater ist auch tot, o du heiliger, barmherziger Gott, was soll aus mir werden? Wer soll mich schützen, wer soll mir helfen?«

»Du hast recht! Leider Gottes hast du recht, armes Lieb! Ach, und dein Vater ist nun auch gestorben, und ich bin nicht dagewesen, dich zu trösten in deinem Kummer. Mußte vor Dünkirchen kreuzen derweilen, die Freibeuter in den Grund zu bohren; – o, es ist hart, Myga, und doch – doch konnt' ich nicht anders und heut abend auch nicht. Das edle Vaterland hochzuhalten, soll jeder sein Leben dran setzen; – ach Myga, Myga, lieb mich noch ein wenig, trotzdem daß ich dir ein schlechter Schutz und Schirm bin. Der arme Vater Michael«

»Laß den toten Vater, Jan! Ihm ist wohl, er hat Ruhe und braucht niemanden mehr zu fürchten, – ach, man muß die Gestorbenen wohl beneiden in dieser blutigen, schrecklichen Zeit!«

»O Myga, sprich nicht so. Ein Elend ist's freilich wohl, daß der Vater starb; aber – nun bist du ja ganz mein! Nun kannst du ja mit mir gehen nach Amsterdam, nun fesselt dich nichts mehr in diesem armen Antwerpen. Myga, tröst dein Herz, wir sehen doch noch fröhliche Tage, mein süße, süße Braut. Noch eine kurze Zeit, und ich hole dich – gib Achtung, vielleicht mit einem stattlichen Hochzeitsgeleit, daß keine Königin sich dessen zu schämen hätte. Vielleicht läuten sie die Glocken, rühren sie die Trommeln, vielleicht feiern sie mit Geschützesdonner die selige Stunde, in welcher ich dich davonführe aus Antwerpen. Gib acht, ob's nicht wahr wird, was ich dir in aller Heimlichkeit vertraue.«

»Ach, welche Phantasien, du wilder, lieber Jan Norris! Sag mir, wie sollt' das geschehen, daß du mich so feierlich heimholen würdest? Nein, sag's mir nicht, denn es ist doch eitel Torheit; bericht' mir lieber von der Gefahr, der du soeben kaum entrannst. Es kommt mir nun auf ein nächtlich Traumbild nicht mehr an, dafür sorgst du schon, tollköpfiger Jan.«

»Nicht so tollköpfig, als du meinst, Lieb!« lächelte der Jüngling. »Der Kapitän der schwarzen Galeere würde sich sonst wohl hüten, des Jan Norris Kopf und Beine, Herz und Arme also zu gebrauchen, wie er es tut. Einer großen Sache wegen bin ich hier in der Stadt – wir wollen gern eine Tat tun, daß die Antwerper Kinder noch nach hundert Jahren davon singen mögen. Deshalb Kundschaft zu holen, steck' ich hier in diesem Plunder, in deutschen Pluderhosen, statt in seeländischen Schifferhosen. Nun höre, Myga. Ich habe am Kai meine Geschäfte abgemacht und in Erfahrung gebracht, daß vier Galeeren des Spinola heute am frühen Morgen in See gegangen sind zur Jagd auf die schwarze Galeere; dabei habe ich leider Gottes ausgekundschaftet, daß der Vater Michael gestorben ist, habe mir das letzte genuesische Schiff, das hier vor Anker liegt, den Andrea Doria – seiner Braut wegen genau angesehen, und der Abend ist derweilen herangekommen. Hatte den Tag schon oft genug heimlich nach deinem Fensterlein heraufgeschaut, lieb Kind, aber nicht die Minute gefunden, hinzuschleichen zu dir, da mancherlei Volk mir an den Fersen hing. Denk' ich also, die Dunkelheit zu erwarten -ich hab' ja den Hausschlüssel – und schlendere gemächlich durch die Gassen, bis mir vor einer hellen Kneipentür in den Kopf kommt, die Nacht sitzend abzuwarten und beiaus noch ein wenig auf des Volks und der Fremden Gehaben Achtung zu geben – wegen meines Geschäfts, verstehst du! – Gut, ich trete ein in die Taverne, fordere eine Flasche Wein und setze mich hinter den Tisch, die Ellenbogen aufstemmend, als wäre die ganze Welt mein und ich gar nicht in Not und Sorgen um die arme Myga, deren Vater starb, ohne daß ich zu ihrem Troste dabei war. Um mich her ist ein Gewirr wie beim Turmbau zu Babel. Deutsche, Burgunder, Spanier, Italiener, Niederländer schwatzten und fluchen und schreien, jede Kreatur in ihrer Sprache, und saufen alle auf dieselbe Weise. Jeder Tisch und Winkel ist besetzt, und nur neben mir sind noch zwei Plätze leer. Da kommen zwei patzige Burschen – ich kenne sie recht gut, der eine ist der Kapitän vom Andrea Doria, der andere ist sein Leutnant. Steigen über Tisch und Bänke und sitzen bei mir nieder. Ich mache ihnen auch gern Platz, denn ihre Bekanntschaft ist mir viel wert, und jedes Wörtlein, so sie sprechen, leg' ich auf die Goldwaage. Tue ich aber, als ob ich sie nie mit Augen gesehen habe, lege wie schläfrig den Kopf auf beide Arme und kümmere mich um die Welt nicht, knöpfe aber die Ohren weit auf. Nun rufen die beiden Welschen nach Wein, und der Jüngste, der Leutnant, nimmt das Schenkmädel um die Hüfte. Der andere aber sieht ganz kläglich und melancholisch drein, als wär' ihm tüchtig die Petersilie verhagelt; – ich hätt' über ihn lachen können; aber beim Eid der Geusen, es war nichts zum Lachen! Nun gehen die Worte hin und her, und anfangs ist natürlich nur die Rede von unserer stolzen Tat, von dem Tanz in der vorvergangenen Nacht, von der Himmelfahrt der Unbefleckten Empfängnis. Darüber frohlocke ich im Herzen; aber auf einmal stehen mir alle Pulse stille, denn es wird ein Name genannt, den ich kenne. Von dir, Myga van Bergen, ist die Rede!«

»Von mir?« rief das junge Mädchen; »o Himmel, und der italienische Kapitän sprach von mir! O Gott, Jan, Jan, schütze mich vor dem! O, wie fürcht' ich den!«

»Also ist's so, der Hund stellt seine Schlingen nach dir?!!« rief Jan Norris mit dumpfer Stimme, und Myga barg ihr Gesicht an seiner Brust und nickte zitternd.

Der junge Wassergeuse knirschte mit den Zähnen und lachte ingrimmig.

»Der Trank wird nicht so heiß getrunken, als er gebraut wird; das wird der welsche Schuft schon erfahren. Tröst dich, Myga; bin ich nicht dir zur Seite und viele gute Gesellen hinter mir? Armes Kind, wie du erzitterst!«

»O Jesus, Jan, ich kann mir nicht helfen. Haben nicht die gewalttätigen, übermütigen Fremden die Macht? Wer hindert sie, ihren bösen Willen auszuführen? O Jan, Jan, nimm mich mit dir fort – in dieser Nacht noch, jetzt gleich!«

Jan Norris hielt die bleiche, zitternde Braut in den Armen und suchte sie auf alle Weise zu beruhigen. Als ihm dieses ein wenig gelungen war, erzählte er weiter von seinem Abenteuer in der Kneipe zum goldenen Löwen.

»Steilrecht standen mir die Haare empor, und alles Blut drängte sich mir ins Gehirn. Aber ich mußte mich bändigen, daß ich mich nicht verriet, und das war eine schwere Arbeit; aber Jan Norris kriegt's doch fertig und tat, als ob er den Teufel ein Wort von dem italienischen Gerede verstünde. Beim Grafen von Lumey, ein Bubenstück, schwärzer als die Nacht, ward da beraten; aber ich weiß alles, und das ist genug. Übermorgen in der Frühe segelt der Andrea Doria – der Befehl dazu ist vom Admiral gekommen – und weil die Gelegenheit so günstig ist, so wird in der nächsten Nacht der feine Plan ins Werk gesetzt. In der nächsten Nacht wird das wilde Täubchen Myga van Bergen in der Gewalt des Kapitäns Antonio Balani sein, mit Hilfe des Teufels und des Leutnants Leone della Rota. In der nächsten Nacht wird dieses Haus überfallen; – aber so leise geschieht das, daß kein Nachbar darüber erwacht, daß kein Hahn in ganz Antwerpen darum kräht. Auf die Galeone mit der Myga! Lustig, – an die Ankerwinde, meine Burschen – hoiho, hinaus zur Jagd auf die rebellischen Ketzer – lustig hinaus in die offene See; – wer hört auf der weiten See den Hilferuf und das Weinen der kleinen Myga? Himmel und Hölle, und der Jan Norris sitzt dabei im Löwen und darf nicht mucken, hält sein Messer in der Faust und darf die beiden flüsternden Schufte nicht über den Haufen stoßen!«

»O Jan, Jan, um meiner und deiner Mutter willen, – um unserer Liebe willen, rette mich! Laß mich nicht in ihre Hände fallen! Der Tod wäre weniger schrecklich als das!«

»Ruhig, ruhig, Kind! Es ist noch lange Zeit bis zur nächsten Mitternacht. Zu Amsterdam am Feuerherde wollen wir noch manch ein Mal uns dieser Geschichte erinnern. Verlaß dich auf mich, Herzensbraut, es wird dir nichts zuleide geschehen, solange der Jan Norris noch auf seinen zwei Füßen steht. Doch nun hör weiter; meine Geschichte ist noch nicht zu Ende. Ich muß dir erst noch sagen, wie es kam, daß sie den zweiten Steuermann der schwarzen Galeere in mir witterten. Das war eine lustigere Geschichte als die, welche ich dir eben erzählte.«

»O Jan, Jan, fühle, wie mein Herz klopft; – o barmherziger Gott, wer schützt die arme Myga? O Jan, laß uns fliehen, jetzt gleich auf der Stelle, ich kann hier nicht mehr Atem schöpfen, die Luft dieses Zimmers erstickt mich!«

»Ruhig, ruhig, liebe Myga. Gern würde ich dich sogleich mit fortführen, und ein Boot würde auch bereit sein, uns aufzunehmen; aber horch nur hinunter in die Gassen – die ganze Stadt weiß in diesem Augenblicke, daß Männer der schwarzen Galeere verkleidet in ihren Mauern weilen. Horch nur das Getümmel drunten – das Laufen und Rennen gilt mir, da ist keine Möglichkeit, daß wir jetzt glücklich durchkamen. Sitz nieder und zittere nicht so noch sind wir sicher, und Zeit schafft Rat – denk an diese Minute, wenn wir in Amsterdam am Winterfeuer sitzen. Hahaha, laß sie nur drunten suchen, zu flink und zu schlau ist ihnen der Jan Norris gewesen –'s wäre auch schad um den Burschen, wenn sie ihn gehangen hätten, nicht wahr, Myga?«

»O Jan! Jan!«

»Ah, bah, gib mir einen Kuß und – noch einen, und nun zu meiner Geschichte. Sitz ich also und beiße mir die Lippen blutig, aber verliere kein Wort des Gespräches neben mir, und die Schurken schwatzen weiter und frohlocken über ihren Teufelsanschlag. Dann trinken sie ihre

Gläser aus, erheben sich von ihren Sitzen und wollen gehen, werden aber an der Tür durch einen großen Tumult zurückgehalten. Wird nämlich ein Bube auf den Schultern von zwei Kerlen hereingetragen, und ein groß Hurra entsteht, wie das Volk in der Schenkstube seiner ansichtig wird. Ist der Bub der Kajütenjunge von der Immacolata, der allein von der ganzen Schiffsmannschaft mit dem Leben davongekommen ist und ans Land kam nach einer tollen Fahrt durch Luft und Wasser. Jeder will den Buben sehen. Jeder will ihn sprechen, und alle drängen sich zu ihm und reichen ihm ihre Becher und Krüge. Ich aber halte es für das beste, das Getümmel zu benutzen und mich unbemerkt zu entfernen. Schleiche ich also so dicht als möglich an den Wänden hin und habe fast die Tür erreicht, als das Unglück es will, daß das Auge des Schiffsjungen, der noch immer auf den Schultern seiner Träger kauert, auf mich fällt. Der Bube starrt mich an, als ob er ein Gespenst sähe, er wird bleich wie ein Käse und schreit aus Leibeskräften: ›Hilfe, Hilfe! Ecco, ecco! Das ist einer! Hilfe haltet, haltet ihn!‹ – ›Wer ist's? Wie? Was?‹ brüllt das Volk, und jeder sieht den Burschen und seine Nachbarn an. – ›Da, da, der dort am Tische – haltet ihn, 's ist der Satan von den Wassergeusen, der den Kapitän Perazzo niederstieß – einer von der schwarzen Galeere!‹ – Ein Lärm bricht nun los, als platze die Hölle – alle Augen richten sich auf mich, alle Waffen fliegen aus den Scheiden, und auch ich reiße mein Messer heraus, mein Leben im Notfalle so teuer als möglich zu verkaufen. Nun stürzten sie sich auf mich; aber ich war behender als sie, fasse die nächste Bank und schleudere sie den ersten vor die Füße, daß ein ganzer Haufen darüber stolpert und am Boden sich durcheinander wälzt. Den Augenblick benutze ich – bin mit einem hohen Satz mitten im Getümmel, schlage rechts und links mein Messer ihnen in die Fratzen – die Tür ist erreicht – ich bin in der Gasse – hinter mir höre ich das Gebrüll der Verfolger – Gott sei's gedankt, daß ich mein Antwerpen wie meine Tasche kenne. Kreuz und quer geht die Jagd, aber ich täusche sie durch mancherlei List; führe sie auf falsche Fährte und kreuze hier herüber. Am Kai ist's noch ganz still – mein trautes Schlüsselchen öffnet mir eine wohlbekannte Haustür – und – hier bin ich gerettet, um dich zu retten, traute Myga, süße Braut. Horch aber nur, sie geben die Hoffnung noch nicht auf, den Geusen zu hängen – zum Teufel, horch nur, die ganze Garnison kommt warhaftig auf die Beine – haha, eine große Ehre, meine Herren! Bedanke mich allergehorsamst, hahaha!«

Lachend horchte Jan Norris, zitternd horchte Myga van Bergen dem Lärm in den Gassen.

»O trauter Jan, bist du ganz sicher, daß niemand deinen Eintritt in dieses Haus gesehen hat? Höre nur, der ganze Tumult wälzt sich hierher – o Gott, schau aus dem Fenster – Fackeln und Speere – Jesus, sie schlagen an die Tür – sie suchen dich, Jan; barmherziger Himmel, schütze uns – verloren, verloren!«

Die Haustür ging auf, man schien in das Haus zu dringen; Jan Morris preßte die Zähne aufeinander und faßte den Griff seiner Waffe.

»Ruhig, ruhig – es ist nicht möglich! Ruhig, Myga!«

»Sie kommen, sie kommen!« kreischte das Mädchen. »Sie steigen die Treppe hinauf, sie werden dich finden; Jan, Jan, laß mich mit dir sterben!«

Der junge Geuse war blaß wie der Tod.

»Hätte ich dich durch Unvorsichtigkeit so in Gefahr geführt, Myga? Das wäre schrecklich. Beim Eid der Geusen, da dringen sie die Treppe hinauf. Myga, o Myga!«

»Laß mich mit dir sterben, Jan!« hauchte das junge Mädchen, an die Brust des Bräutigams sich klammernd.

Der Überfall

Nicht bloß im Wappen von Alcantara, nein, in allen Tavernen der kneipenreichen Stadt Antwerpen war der Luogotenente Leone della Rota zu Hause. Er hatte seinen Freund und Kapitän, Antonio Balani, an diesem Abend in die Schenke zum goldenen Löwen mit sich gezogen, und widerwillig, wie gewöhnlich, war ihm der Kapitän dahin gefolgt.

Wer konnte aber widerstehen, wenn Leone della Rota etwas durchsetzen wollte?

Mehr leichtsinnig als bösartig, betrachtete der junge Leutnant die Welt wie einen großen Spielplatz, den Krieg wie eine prächtige Gelegenheit, tolle Streiche ungehindert auszuführen. Für einen tollen, lustigen Streich sah er den Raub der armen kleinen verlassenen Waise an; in seinem nichtsnutzigen Tollkopfe war der Plan dazu entsprungen, ihn durchzusetzen war, nachdem sein Freund mit Mühe dazu gebracht war, in ihn einzuwilligen – eine Ehrensache für ihn. Was ging den genuesischen Taugenichts die Sache der rebellischen Provinzen und die katholische Majestät von Spanien an? Ketzerinnen konnten sehr hübsch sein und Anhängerinnen der alleinseligmachenden Kirche grundhäßlich. Leone zog reizende Ketzerinnen häßlichen Katholikinnen bedeutend vor und tat auch außerdem alles mögliche, um das alte Sprichwort, welches in Italien von seiner Vaterstadt umgeht: Genua hat ein Meer ohne Fische, ein Land ohne Bäume, Männer ohne Treu und Glauben, – nicht abkommen zu lassen.

In der Taverne zum goldenen Löwen hatte er, wie wir bereits aus Jan Norris' Erzählung wissen, mit Antonio Balani die letzten Verabredungen über den Entführungsplan getroffen. Gelang der Raub und kam dann der Andrea Doria von seiner Expedition glücklich zurück, wurde die schwarze Galeere genommen oder vernichtet: nun wer werde es dann wagen, gegen die Sieger als Ankläger aufzutreten? Kam die Galeone aber nicht zurück, dann – dann mochte die letzte Tat des Endes würdig sein. An das Eintreten eines dritten Falles, daß nämlich der Andrea Doria heimkehrte, ohne das feindliche Schiff gesehen zu haben, zu denken, hielt Leone della Rota durchaus unter seiner Würde. Der Kapitän ließ sich aber bereits von ihm führen, wie und wohin er wollte. An der Verfolgung des kühnen Wassergeusen hatten die beiden Genuesen nicht den mindesten Anteil genommen. Arm in Arm schlenderten sie durch die Gassen, in denen die aufgeregte Menge sich umtrieb, dem Kai zu.

»Wären wir doch Narren, dem Halunken nachzurennen!« lachte Leone. »Lassen wir die andern dem verwegenen Bettler nachlaufen. Bei den Tauben der Aphrodite, seit ich dem sonst so kalten Antonio Balani als Führer im Zauberreich der Liebe diene, schwebt meine Seele hoch über diesem Nebellande. O Amor, Herzensbändiger, deiner Sturmfahne folg' ich; o Göttin Cythere, nimm uns unter deinen himmlischen Schutz!«

»Ich bitte dich, Leone, sei vernünftig, sei kein Narr. Mir ist merkwürdig zumute. In meinem ganzen Leben hab' ich nicht ein solch Gefühl im Busen getragen, Leone, mir ist – Leone, den ganzen Tag über, den ganzen Abend trage ich mich mit so seltsamen Gedanken – Leone, halt dich gut, vielleicht bist du bald an meiner Stelle Kapitän des Andrea Doria...«

»Und du Bizeammiraglio seiner Exzellenz, Don Federigo Spinolas –«

»Oder eine Leiche auf dem Meeresgrunde!« murmelte der Kapitän.

»Was? Todesgedanken? Todesgedanken unter dem Fenster des Mädchens deiner Liebe!« lachte der Leutnant. »Nun bei allem, was in der Welt geschieht, das ist göttlich. O wär ich doch Franzesco Petrarca, um sogleich ein Sonett auf diese vortreffliche Seelenstimmung zu machen! Da schau, du Träumer, hier sind wir grad unter den Fenstern deiner Innamorata; – ihr Lichtlein leuchtet noch; – holla, welch ein Gedanke! – Antonio Balani, Freund meiner Jugend, deine Todesahnungen zu verscheuchen, wollen wir – wollen wir jetzt, jetzt in diesem Augenblick dem süßen Kinde da oben einen Besuch machen, wollen –«

»Leone?!«

»Haussuchung bei ihr halten. Alle tollen Einfälle seien gepriesen! Vorwärts im Namen des Königs, vorwärts im Namen der Liebe!«

»Leone, Leone!«

»Laß mich«, lachte der Leutnant. »Ich bitte dich, kann der Geuse, den die Tölpel dort suchen, nicht ebensogut sich in der Wohnung der Kleinen, wie in irgendeinem der andern Häuser dieser Stadt verkrochen haben? Voran, ahnungsloser Antonio, vorwärts, wir halten Haussuchung bei deinem holden Liebchen und lernen dabei desto besser die Hausgelegenheit kennen für die nächste Nacht!«

Ehe der Kapitän seinen wilden Freund zurückhalten konnte, war dieser hingesprungen zu der Tür Mygas gegen welche er mit der Faust schlug, mit lauter Stimme rufend:

»Aufgemacht! Aufgemacht im Namen seiner katholischen Majestät in Spanien! Aufgemacht! Verräter und Feinde haben Schutz gesucht in diesem Hause!«

Gleich strömten von allen Seiten Soldaten, Matrosen und Bürger von Antwerpen vor die Türe, die zu Mygas Wohnung hinaufführte, zusammen. Von Augenblick zu Augenblick wuchsen die Haufen. Halb in Verzweiflung suchte der Kapitän Balani dem Gelärm seines tollen Freundes Einhalt zu tun; aber schon war es zu spät. Die Haustür öffnete sich, und die Bewohner des Gebäudes, in welchem Myga wohnte, ein Zimmermann, ein Schuhmacher, ein Stadtschreiber, mit ihren Familien und Gesellen, eine Witwe mit vielen Kindern, verkrochen sich ängstlich in ihren Winkeln, entsetzt vor dem Gedanken, daß einer der niederländischen Rebellen Zuflucht unter ihrem Dache gefunden haben sollte. Nur ein gebücktes, uraltes Mütterlein trat mutig mit einer Lampe in der zitternden Hand den Eindringlingen entgegen und behauptete mit kreischender Stimme: niemand sei in das Haus eingeschlüpft, am wenigsten ein seeländischer Wasserteufel. Gott solle sie bewahren – meinte sie – einem Meergeusen Schutz zu geben; sei nicht ihr Mann, ihr armer seliger Mann von den wütenden Unholden von einem Fischerkahn ins Wasser geworfen worden und elendiglich umgekommen? – Was halfen ihr ihre Versicherungen? Niemand hörte darauf, voll ward das Haus von spanischen Soldaten, italienischen Matrosen und dem Lumpengesindel der Gassen. Angst-und Wehgeschreie drangen bald hervor aus den verschiedenen Wohnungen; man prügelte und peinigte ein wenig, man plünderte ein wenig.

»Vorwärts, Antonio! Halt dich nicht auf!« rief Leone. »Vorwärts, treppauf ins Himmelreich!«

Er hielt das Mütterlein am Kragen und zwang es, vorzuleuchten mit seiner Lampe, unter den scherzhaftesten Drohungen.

»Lustig, lustig, Mütterlein! Die andern suchen unten, wir oben vorwärts! Und tut nicht so zimperlich, ich gucke nicht nach Euren Waden. Heda, Antonio, bleib nicht zurück!«

»Leone, ich bitte dich!«

»Ach was, voran, voran, Madonna! Haha, Antonio, war für ein Hase bist du doch, solchem süßen Abenteuer gegenüber! Was sollte aus dir werden, wenn du mich nicht hättest? So – das scheint die letzte Staffel zu sein – Viktoria! Viktoria! Mille grazie, alte Sibylle. Hier, hier, Antonello – im Namen des Königs, öffnet, öffnet! Verräter und schöne Mädchen haben sich hier verborgen; öffnet, öffnet im Namen des Königs! Im Namen der katholischen Majestät von Spanien, heraus aus dem Nestchen, holdes Vögelchen, öffne und gib das süße, rebellische Herzlein heraus!«

Mit lachendem Munde faßte der Tolle den Kapitän an der Schulter und drängte ihn gegen die Tür, die er weit aufwarf – – – starr, zweifelnd standen die beiden Genuesen! –

Mit wachsender Besorgnis und Angst hatten Jan und Myga dem Lärm in den Hallen zugehört. Als nun gar das wilde Getöse in das Haus eindrang, hatte die Braut in der Verzweiflung den Bräutigam angefleht, sich zu verbergen.

Aber was konnte zu beider Rettung geschehen?

Im nächsten Augenblick war alles zu spät. Allzuschnell drang Leone della Rota die Treppe hinauf.

Im linken Arm hielt Jan Norris die ohnmächtige Braut, krampfhaft faßte die rechte Hand die blanke Waffe. Er wußte nicht, was er beginnen sollte, alle Geistesgegenwart hatte ihn in diesen schrecklichen Sekunden verlassen. Was hätte auch alle Geistesgegenwart geholfen? Verloren waren Jan Norris und Myga van Bergen, soweit Menschenverstand es absehen konnte.

»Alle Teufel, was ist das?« rief der genuesische Leutnant. »Nun, das ist nicht übel! Das ist ja ein seltsam Zusammentreffen, – das nenn' ich zwei Fliegen mit einem Schlage treffen. Holla,

Antonio Valani, jetzt gewinne dir dein holdes Täubchen! Solchen Nebenbuhler zu haben hast du dir wohl nicht träumen lassen? Nieder mit dem Geusen! An den Galgen mit ihm!«

Aus der Scheide flogen die Degen der Genuesen.

»Schütze dich Gott, Myga!« schrie Jan Norris, seine Klinge schwingend. »Zurück, ihr welschen Schufte!«

Den wilden Geusenschrei: Lieber Türk als Pfaff! ausstoßend unterlief der Steuermann der schwarzen Galeere die Klinge Leone della Rotas, – ein Stoß – mit einem Schrei drehte sich der Kapitän des Andrea Doria und taumelte; klirrend entfiel das Schwert seiner Hand, – zu Boden stürzte Antonio Valani. Über den Körper des Genuesen weg sprang der Wassergeuse, ein zweiter Hieb streifte jedoch nur leicht die linke Schulter des Leutnants. Matrosen der Galeone Andrea Doria drangen ihre Schiffsmesser schwingend die Treppen herauf. Ein wilder, blutiger Kampf entstand auf dem engen Raume; ohnmächtig lag Myga van Bergen am Boden. Spanische und albanesische Soldaten vermehrten das Getümmel, Lampen und Fackeln erloschen, glimmten am Boden, wurden wieder angezündet. Die wenigsten wußten eigentlich, was vorgehe, und als plötzlich der Ruf: Feuer! Feuer! durch das Haus tönte, löste sich der wirre Knäuel im panischen Schrecken und stürzte wieder die Treppe hinunter. Ein erstickender Qualm füllte alle Räume des Hauses; durch ihn hin schleppten die genuesischen Schiffsleute ihren zu Tode verwundeten Kapitän und den gefesselten Wassergeusen Jan Norris! Durch den Rauch trug Leone della Rota die bewußtlose Myga die Treppe hinab auf die Straße, wo bereits ein neuer Kampf auszubrechen drohte zwischen den Matrosen des Andrea Doria und den spanischen Soldaten, welche den erstern ihre Gefangenen entreißen wollten. Aber Trommelschlag verkündete die Ankunft eines höheren Befehlshabers, welchem Leone dann Bericht abstattete, so gut es die Betäubung, in welcher er sich befand, ihm gestattete. Der Don gab gravitätisch seine Meinung ab: es sei das beste, den verwundeten Kapitän, den Geusen und die Dirne auf das Schiff zu bringen, man habe dann morgen beim Verhör alles hübsch zusammen; – übrigens gehöre der Gefangene als Seeräuber jedenfalls an eine Rahe, also sei die Fortschaffung desselben auf die Galeone auch in dieser Hinsicht das Angemessenste. – – – –

Gegen den Kai hinunter wälzte sich die Menge. Fackeln beleuchteten den wilden Zug und warfen ihren flackernden Schein auf den verwundeten Antonio, die ohnmächtige Myga und den gefesselten Jan Norris, welcher letztere sich stumpfsinnig von seinen wütenden Feinden fortschleifen ließ. Noch immer trug Leone della Rota die Myga im Arm, aber ohne zu wissen, auf welche Weise das gekommen war. Alles drehte sich in seinem Gehirn wie im Traum trug er seine leichte Last an Bord der Galeone.

In der Kajüte bereitete man dem wunden Kapitän ein Lager. Ein Wundarzt kam, die Wunde des noch immer bewußtlosen Antonio zu untersuchen und den Kopf darüber zu schütteln. Myga van Bergen kauerte in einem Winkel der Kajüte, ohne daß sich für jetzt jemand um sie kümmerte. An den großen Mast fesselte man den Steuermann der schwarzen Galeere, und hohnlachend umgaben ihn die erbarmungslosen Feinde.

Erst spät legte sich der Tumult in der Stadt, nachdem man das brennende Haus hinter der Hafenmauer gelöscht hatte. Früher ward es still an Bord der Galeone Andrea Doria. Regungslos lag Antonio auf seinem Lager, regungslos saß Leone bei ihm, regungslos kauerte Myga in dem dunkelsten, entferntesten Winkel. Man hörte auf dem ganzen Schiffe kaum etwas anderes als das Rauschen des Stromes, das Geräusch des Takelwerks im Winde und den Schritt der Wache, die mit geladenem Feuerrohr und glimmender Lunte auf und ab ging vor dem Gefangenen am Mast und ihn keinen Augenblick aus den Augen ließ.

Um zwei Uhr morgens legte sich der Wind ganz und gar, so daß nun auch das Knarren des Takelwerks aufhörte. Es herrschte Totenstille an Bord der Galeone Andrea Doria – Totenstille, die urplötzlich durch einen Schrei und das Krachen eines Büchsenschusses um so schreckhafter unterbrochen wurde.

Aus der Kajüte stürzte der Leutnant della Rota aufs Deck, aus seinen Kojen und Hängematten stürzte das Schiffsvolk.

Die Stelle des Gefangenen am großen Mast war leer. Mit abgeschossenem Feuerrohr stand die Schildwache, wirre Blicke um sich werfend, unter den Fragen, den Flüchen der Offiziere und der Mannschaft.

»Dort, dort! Über Bord!« entrang sich endlich ein heiserer Schrei der Brust des überraschten Mannes.

»Wo? Wo? Wo?«

An den Schiffsrand stürzte alles.

»Die Boote hinunter! Schnell, Schnell!« klang die befehlende Stimme des Leutnants.

Lebendig wurde es auf der Schelde, Lichter leuchteten durch die Nacht; aber die Nächte sind dunkel im November. Wohl fischte man einen stromab treibenden Leichnam auf, aber es war nicht der des Jan Norris. An beiden Ufern des Stromes hinunter flogen die Lärmsignale; aber vergeblich waren alle Bemühungen der von allen vor Antwerpen liegenden Schiffen ausgesandten Boote.

Hatte sich Jan Norris gerettet? Hatte er den Tod in den Wellen gefunden?

Wer konnte das sagen?

Wie richtete sich aber Myga van Bergen in ihrem Winkel horchend auf, als sie vernahm, daß der Geliebte seine Bande gelöst habe und über Bord gesprungen sei!

Auf dem Verdeck des Andrea Doria schritt Leone della Rota mit über der Brust gekreuzten Armen auf und ab und murmelte vor sich hin:

»Wenn er es nur nicht gesagt hätte! Er wird sterben durch meine Schuld – o Antonio, armer Antonio! Vorausgesagt hat er es: ich Kapitän des Andrea Doria, er – er eine Leiche auf dem Meeresgrunde.«

Der Leutnant stand still:

»Doch, Leone – ist nicht vielleicht bald – vielleicht morgen – übermorgen dir dasselbe Los bereitet? Wer fürchtet den Tod? Tod ist Vernichtung; – hoch das Leben! – Da kommt die Sonne, frei atme ich wieder, – die blutigen Nebel fallen mir von den Augen! In feurigem Syrakuser will ich dem Morgen zutrinken, mag es auch der letzte sein, den ich schaue!«

Der Schiffsjunge brachte einen vollen Becher des köstlichen Trankes.

Leone della Rota hob ihn gegen den glühenden Sonnenball, leerte ihn auf einen Zug und warf das Glas weit in den Strom hinein, indem er den Fuß fest auf den Boden setzte:

»Kapitän an Bord des Andrea Doria!« sagte er, und kaum vernehmbar setzte er hinzu: »Kapitän des Andrea Doria und Myga die Krone der Weiber von Flandern – mein – mein!« – – –

Fieberträume

Zum dritten Male seit der Nacht, in welcher die Besatzung vom Fort Liefkenhoek den Kanonendonner der schwarzen Galeere und der Immacolata Concezione und das Auffliegen des letztern
guten Schiffes vernahm, senkte sich der Abend hernieder, windstill und ungewöhnlich warm.
Wetterkundige behaupteten, es werde mit nächstem viel Schnee geben, und sie mochten recht
haben. Nachdem die Sonne am frühen Morgen hell am ziemlich klaren Himmel aufgestiegen
war, hatte sie sich gegen Mittag hinter schwerem, grauem Gewölk verkrochen. Dieses Gewölk
hatte sich mehr und mehr zusammengezogen, und mit dem Abend senkte es sich immer tiefer
herab auf die Stadt Antwerpen, auf Land, Fluß und Meer.

Wieder befinden wir uns auf dem genuesischen Schiffe Andrea Doria in der Kajüte des Kapitäns.

Die hängende Lampe wirft ihr rötliches Licht durch das Gemach, über die Waffen, die Karten
an den Wänden, über den Boden, auf welchem die blutigen Tücher umherliegen, über das
Lager, auf welchem Antonio Valani im Wundfieber stöhnt und phantasiert, über die am Fußende
der Kissen kniende Myga van Bergen, über den Leutnant Leone della Rota, welcher neben dem
Lager des sterbenden Freundes steht und wilde, seltsame Blicke von dem Verwundeten zu der
entführten Jungfrau wandern läßt.

Um Mittag hat Leone della Rota von dem Admiral Spinola und dem Gouverneur von Antwerpen mit Gleichmut die Bemerkung hingenommen, daß des Meergeusen Entkommen ein
Teufelsstreich und er – Leone – schuld daran sei. Mit etwas weniger Gleichmut hat er vernom-
men, daß ihm – in Ermangelung eines Bessern – der Oberbefehl über die Galeone Andrea Doria
für die Expedition des nächsten Morgens anvertraut sein solle.

Nach der an Bord befindlichen Dirne hatte sich weder der Gouverneur noch der Admiral
erkundigt.

Unter viel Arbeit am Bord und am Lande war dem Leutnant der Tag hingegangen, nur wenige Augenblicke hatte er dem sterbenden Freunde widmen können. Aber am Bord und am Lande
überall verfolgte den jungen Genuesen das Bild des schönen flamländischen Mädchens, das er
auf seinem Schiffe gefangen hielt, das ohne Schutz und Schirm seiner Willkür hingegeben war,
wenn der Freund tot war. Anfangs suchte er zwar alle Gedanken solcher Art zu verscheuchen,
aber immer wieder von neuem drängten sie sich ihm auf; auf keine Weise konnte er ihnen entgehen, und bald gab er es vollständig auf, dagegen anzukämpfen. In ihrer Verzweiflung erschien
ihm das holde Kind nur noch um so reizender; unter seinen Matrosen und Schiffssoldaten, im
Vorsaal des Admirals, in den Gassen der Stadt war sie in seiner Seele, wie sie mit gesungenen
Händen in der Kajüte am Bord des Andrea Doria kniete. Die wildeste Leidenschaft schlug in
hellen Flammen auf, und mit den tollsten Sophismen suchte er sein widerstrebendes Gewissen
niederzudrücken.

Was nützte es auch dem Antonio, wenn er, Leone, das Mädchen zurücksandte an Land?

Nun rief sich Leone della Rota die Augenblicke zurück, in welchen er den zierlichen Leib
des Mädchens in seinen Armen gehalten hatte, in welchen er das ohnmächtige Kind durch den
Rauch, durch die Gassen getragen hatte. Der Wind trieb ihm damals die blonden Locken der
Jungfrau in das Gesicht – – –

»Nein, nein, nein, Antonio Valani, dein Recht an die schöne Beute endet mit deinem Leben! Kriegsrecht, Antonio Valani, streiche die Flagge und sinke – mir das Glück jetzt, das dir
bestimmt war, und morgen, – morgen mir das Unterliegen und einem andern der Sieg! Kriegsrecht, Kriegsglück, – armer Antonio!«

Mit solchen Gedanken war in der Abenddämmerung der Leutnant in die Kajüte getreten,
und nun stand er, wie wir geschildert haben, zwischen dem Sterbenden und der zitternden
Myga im Schimmer der trüben Schiffslampe.

Man hat den verwundeten Kapitän ans Land schaffen wollen; aber mit aller Gewalt einer
erlöschenden Existenz hat sich Antonio Valani dagegen gewehrt; auf seinem Schiffe will er
sterben, nicht im Hospital. In seinem Fieberwahnsinn hat er nicht vergessen, daß Leone das

flamländische Mädchen, das er liebt, an Bord des Andrea Doria geführt hat. Je näher der Tod kommt, desto fester klammert er sich an diese Liebe, desto heftiger tritt sie hervor. Im Leben hätte er sie fest in sich verschlossen, ohne das Dazwischentreten seines wilden Gesellen Leone della Rota. Im Sterben, im Fieberwahnsinn wirft sein Geist alle einengenden Fesseln ab; nichts von dem, was er früher gefühlt und verborgen hat, verbirgt Antonio Valani mehr.

Arme Myga! Wie sie da kniet, zu den Füßen des Lagers des todwunden Genuesen mit aufgelösten Haaren, geisterbleich, mit wundgerungenen Händen! Keine Rettung, keine!

Die Wellen der Schelde haben den Freund verschlungen, der ohnmächtig gegen das Verderben der Geliebten rang und sich in die kalten Wasser gestürzt hat, ihre Schmach nicht zu erleben!

Und Gott? Wehe, zu dunkel ist die Nacht, zu finster ist's im Gehirn der Unglücklichen, als daß sie an den großen Retter in allen Gefahren sich zu erinnern vermochte. Keine Macht im Himmel und auf der Erde, die Schmach und Schande abzuwehren; – wehe dir, Myga van Bergen!

Dumpf klingt vom Turm der Kathedrale die elfte Stunde herüber – langsam folgen sich die einzelnen Schläge und hallen nach in dem Gehirn des Mädchens.

Wieder nimmt der Lärm der Stadt allmählich ab, wieder erlischt ein Licht nach dem andern in den Häusern hinter der Mauer Paciottis, des italienischen Ingenieurs.

Immer tiefer ward die Stille. Nur zuweilen klang ein wilder Schrei, ein Jauchzen auf; nur zuweilen ertönte der rauhe Gesang einer wüsten Soldatenschar oder der Ruf der Nachtwächter und Patrouillen.

Und wiederum rasselte das Uhrwerk im Turm von unserer lieben Frauen Dom: – Mitternacht!

Von seinen Kissen erhob sich Antonio Valani und warf wahnsinnige Blicke aus seinen fieberglühenden Augen um sich her.

»Wo ist sie? Leone, Leone – Wein, Lichter und Liebe! Leone, wo bist du, wo hast du sie? Wo hältst du sie verborgen? Mein ist sie – o Verräter, – verräterischer Leone – mein, mein ist das Mädchen! Hahaha, ich bin nicht tot, wie du meinst, Leone; – ich lebe und halte, was mein ist –«

Die Stirn Mygas van Bergen berührte den Boden der Kajüte; der Leutnant della Rota drückte sanft den Wahnsinnigen auf sein Lager zurück und suchte ihn auf alle Weise zu beruhigen; aber es war, als ob alle Kräfte und Leidenschaften des Sterbenden noch einmal in voller Glut aufflammen mußten, ehe sie auf ewig erloschen.

Immer wieder von neuem suchte sich der Rasende den Armen Leones zu entziehen.

»Alle Hände an Deck! An die Ruder, an die Ruder! Es lebe der König! – Da zeigen sie die Flagge – die Bettlerflagge, Feuer, Feuer auf sie! Evviva Genova – da geht der Admiral in die Luft – Feuer, Feuer – Hölle, Hölle, – Leone schütze das Schiff! Schütze das Schiff, Leone – es ist aus – weh, die Geusenflagge – an die Geschütze, – verloren, – verloren! Schütze das Schiff, schütze das Schiff, Leone!«

Der Kranke sank zusammen; der Leutnant legte ihm das Kissen zurecht; dann trat er zu der knienden Jungfrau:

»Was ängstet Ihr Euch, Signorina? Richtet Euch doch auf; was windet Ihr Euch am Boden? Süßes Täubchen, härme dich nicht; Königin sollst du werden, unumschränkte Herrscherin an Bord dieses guten Schiffes. Das ist der Krieg – der eine muß die Flagge streichen, und doch läßt sie der andere von der Gaffel wehen. Der arme Antonio! Er hat es vorausgesagt – ihm wird das Grab, mir die schöne Beute zuteil; – ich liebe dich, ich liebe dich, Stern von Flandern, weiße Rose von Antwerpen. Ich liebe dich und halte dich – laß das Sträuben – blicke nicht so wild – mein bist du, niemand wird dich mir entreißen!«

»Jan, Jan! Hilf, rette!« schrie das Mädchen, ohne zu wissen, was es rief.

»Laß den Geusen«, flüsterte Leone. »Hat er sich nicht gerächt, wird nicht der arme Antonio tot sein in einer Stunde? Was kümmert dich der Leib des Geusen, laß ihn treiben auf den Wellen, auf, auf, sage ich, du sollst nicht mehr die weiße Stirn dir wund drücken auf dem Boden.

Was willst du? Tot ist der Geuse, es stirbt Antonio Valani; nun nimm den Leone, den lebenden Leone in deine seligen Arme als schöne, stolze Herrin.«

»Barmherzigkeit, Barmherzigkeit!« stöhnte das Mädchen; aber der Leutnant lachte:

»Horch, ein Uhr! Um fünf Uhr lichten wir die Anker; bis dahin hast du Zeit, dich auszujammern; dann aber fort mit dem Klagen und Seufzen! Bis fünf Uhr ist's Zeit genug, zu sterben, armer Antonio, armer Freund; – richte dich nicht empor, deine Wunden bluten wieder – lege dich nieder, – was willst du auch mit dem Mädchen?«

»Leone, Leone, schütze das Schiff! Die schwarze Galeere, schütze das Schiff!« kreischte der Sterbende im Fiebertraum.

»Bah, die schwarze Galeere!« murmelte Leone della Rota, »um fünf Uhr erst beginnt die Jagd; – ruhig, ruhig, Antonio – alles wohl an Bord – habe keine Sorgen, schlaf – schlaf ein.«

Wieder sank der Kapitän zurück und schloß die Augen. Auf die letzte wilde Aufregung folgte nun augenscheinlich die letzte Erschöpfung. Es ging zu Ende mit Antonio Valani, dem Kapitän des Andrea Doria.

Der Leutnant bemerkte es wohl; er seufzte und schüttelte den Kopf:

»Armer Antonio! Armer Freund! So bald mußt du die Segel streichen? Ach, was hilft das Klagen, und doch – ich wollte, der Morgen dämmerte erst, ich wollte, diese Nacht wäre vorüber! Auf offener See – wenn – wenn die Leiche über Bord ist, wird mir erst wieder wohl werden. Ich wollte wahrhaftig, der Morgen käme!«

Er schritt auf und ab in der engen Kajüte; mehr als einmal streifte er die unglückliche Myga, und jedesmal zuckte die Arme zusammen und drückte sich dichter an die Wand.

»Sterben, sterben!« flüsterte Myga van Bergen, »o käme doch der Tod, mich zu retten – – ergriffe mich doch der Tod, wie er den Geliebten ergriffen hat!«

Die Lampe drohte zu erlöschen, Leone della Rota rief nach neuem Licht, nach Wein. Er hatte beides nötig in dieser Nacht; es sah wild und wüst in seiner Seele aus. –

Die schwarze Galeere

Auf Fort Liefkenhoek flattert stolz das Banner mit dem Löwen von Leon und den Türmen von Kastilien. Dasselbe Banner weht auf Fort Lillo und auf den andern von Feuerschlünden starrenden Befestigungswerken auf beiden Ufern der Schelde bis zu den gewaltigen Mauern der Zitadelle von Antwerpen.

Scharfe Augen halten Wacht auf allen diesen Mauern und Wällen, und Ruf und Gegenruf der Wachen schweigt weder bei Tag noch bei Nacht.

Nahe und wachsam ist aber auch der Feind. In jedem Augenblick kann er erscheinen. Wer kennt die Stunde, in welcher er kommen wird?

Um Seelands Küsten brandet die Nordsee. Da wohnt auf Tholen, auf Schouwen, auf Nord- und Südbeveland, auf Walcheren das wilde, eiserne Geschlecht, das zuerst geschworen hat, Lieber türkisch als papistisch zu werden, welches den silbernen Halbmond am Hute und den unauslöschlichen Todeshaß gegen die Spanier im Herzen trägt. Welch eine Jugend gebären auf diesen meerumspielten Sanddünen die Mütter! Schirmet nur, ihr Türme von Kastilien, halte gute Wache vor dem Bollwerk von Flandern, du Löwe von Leon; »besser verdorben Land, als verloren Land«, das waren seeländische Matrosen, welche den niedergeworfenen Spaniern vor Veere, vor Leyden die Herzen aus der Brust rissen, hineinbissen und sie den Hunden vorwarfen:

»Freßt, aber es ist bitter!«

Auf Fort Liefkenhoek, auf Fort Lillo, auf der Cruysschanze, auf Fort Perle und Sankt Philipp, auf Fort Maria, Ferdinand und Isabella ertönt fort und fort der Ruf:

»Habt gute Wacht! Habt gute Wacht!«

Die Feuerschlünde auf dem Ufer von Brabant, die Feuerschlünde auf dem flandrischen Ufer sind bereit, Tod und Verderben auf das verwegene Fahrzeug zu speisen, welches ihnen zum Trotz seinen Weg stromaufwärts gen Antwerpen suchen will.

»Habt gute Wacht! Habt gute Wacht!«

Aber die Nacht ist dunkel, weder Mondenschein noch Sternenflimmer erhellt sie. Es ist schwer, gute Wacht zu halten in solcher Nacht.

Wie still und warm es ist! Nur das Rauschen des gewaltigen Stromes tönt fort und fort in den warnenden Ruf der Krieger auf den Wällen:

»Habt gute Wacht! Habt gute Wacht!«

Was kreuzt von Südbeveland her die Westerschelde, wo Meer und Fluß sich begegnen und nicht mehr zu unterscheiden sind voneinander? Was gleitet über die Wogen in der dunklen Nacht? Hundert unheimliche Arme regt's, pfeilschnell schießt's einher, gleich dem Gespensterschiff, gleich dem fliegenden Holländer. Ein mächtiger Schiffskörper durchschneidet die Fluten, ihm folgen andere, weniger gewaltige.

Was kümmert die Männer von Seeland die Finsternis? Sie wissen ihren Weg zu finden auf den Wassern, welche ihre Heimat sind. Ein dunkler Schatten folgt dem andern; in einer Linie gleiten sie, – kein Laut ertönt an Bord, selbst die Ruder greifen geräuschlos ein in die Wogen. Geflüstert gehen die Kommandoworte von Mund zu Munde! Ein jeder weiß, was ihm zu tun obliegt, jeder ist verpflichtet durch schweren Eid, seinem Nebenmann das Messer in die Kehle zu stoßen, wenn er durch ein Geräusch, einen unbedachten Ausruf das Gelingen des Unternehmens gefährden wird.

Jeder wird unbedingt seinen Schwur halten, und wäre es Bruder, Vater, Sohn, den er niederstechen müßte.

    Fort Lillo!
    Ein Licht zur Rechten –
    Fort Liefkenhoek!

Klar und vernehmlich schlägt der Ruf der spanischen Wachen an jedes Ohr an Bord der – schwarzen Galeere und der sie begleitenden Fahrzeuge.

Jedes Messer, jedes Enterbeil ist bereit, – es glimmen die verdeckten Lunten neben den Geschützen; hoch schlagen die Herzen der verwegenen Männer.

»Habt gute Wacht! Habt gute Wacht!« verhallt es in der Ferne; eine große Gefahr liegt hinter den kühnen Seeleuten. Es lebe das Geusenglück!

Was flimmert zur Rechten?

Die Lichter von Dorf und Fort Callao.

Was flackert auf der Seite von Brabant?

Die Lichter des Dorfes Ordam.

Wie still es jetzt an dieser schrecklichen Stelle ist, wo die Brücke, die Estacada Alexanders von Farnese einst sich erhob, das Wunderwerk des Jahrhunderts! Welches Genie leuchtete hier! Welches Blut floß hier!

An dieser Stelle wirkten Johann Baptista Plato und Barocci; an dieser Stelle sprang das Feuerschiff Gianibellis und füllte Luft, Land und Wasser mit Trümmern und verstümmelten Menschenleibern.

Noch jetzt, nach so langen Jahren, fährt manch republikanisch gesinnter Bürger von Antwerpen Nachts aus dem Schlaf empor und denkt, er sei soeben von dem Krachen der großen Explosion, welche die große Stadt retten konnte und nicht errettete, geweckt.

Lautlos gleitet die schwarze Galeere mit ihrem Schattengefolge über die unheilvolle Stelle fort –

»Habt Wacht! Habt gute Wacht!« ertönt der Ruf von den Schanzen von San Pedro und Santa Barbara.

Die Lichter von Predigerhof! Die Lichter von Fort Maria, die Lichter von Fort Ferdinand – eine Glocke, dumpf und feierlich, erklingt in der Finsternis – – die Glocke vom Turm unserer lieben Frau zu Antwerpen –

Zwei Uhr!

An seinem Platze steht der Kapitän der schwarzen Galeere, das blanke Schwert in der Hand; aber ein anderer führt in dieser Nacht das Schiff und seine Mannschaft.

Fiele nur der geringste Lichtstrahl auf das Gesicht dieses Führers, ihr würdet erschrecken über dieses Gesicht.

Jan Norris, der Verlobte Mygas, die gefangen ist an Bord des Andrea Doria, Jan Norris, der Wassergeuse, der seine Braut in der Gewalt der Todfeinde zurückgelassen hat, Jan Norris, der nicht zum Tode sich vom Deck der genuesischen Galeone stürzte, Jan Norris führt in dieser Nacht die schwarze Galeere!

Jan Norris' Auge sieht in der Nacht, es durchbohrt die Finsternis wie den hellsten Tag. –

Rettung – Rache!

Hüte dich, Leone della Rota, Unheil brütet die Nacht. Achtung, Leone della Rota; es ist nicht die Zeit, in Frauenliebe und Sizilianerwein sich zu betäuben! Habe acht auf dein Schiff, Leone della Rota, hüte dich – hüte dich vor der – schwarzen Galeere! –

An Bord des Andrea Doria waren alle Befehle gegeben und ausgeführt. Noch drei Stunden, und das genuesische Schiff trat seine Fahrt an, um sich mit den vier vorangegangenen Galeeren bei Biervliet zur Jagd auf die schwarze Galeere zu vereinigen. Das Schiffsvolk benutzte die kurze Frist, die ihm noch gegeben war, zum Schlaf, selbst die Wachtmannschaft an Deck schlief, und die Lunte des Mannes an der Laufplanke war erloschen, wie alle andern Lunten an Bord. Lag das Schiff nicht sicher genug unter den Mauern der Stadt und den Wällen der Zitadelle?

Vom Hauptmast wirft die Schiffslaterne ein unruhiges flackerndes Licht über das Verdeck. Aus den Fenstern der Kajüte fällt ein schwaches Leuchten auf die dunkeln Fluten der Schelde, die darunter vorüberschießen.

In der Kajüte richtet sich vom Lager Antonio Valanis der Leutnant Leone della Rota in die Höhe.

»Es ist vorüber!« sagte er. »Er ist tot, hörst du, bella Fiamminga, er ist tot, und – Kapitän an Bord dieses Schiffes ist Leone della Rota! Hörst du, Schönste; ich trete meine Erbschaft an, – auch du bist mein; mit dem letzten Atemzuge des Freundes bist du mein geworden.«

Von neuem füllte der Leutnant Spinolas den Becher mit Wein. »Was wendest du dich ab und schauderst, schöne Myga? Er ist tot – sein Herz hat ausgeschlagen. Aber meins schlägt noch wild und hoch. Wohl aber war er mein Freund; aber in deiner Liebe räche ich ja seinen Tod.«

Er hob den Becher und trank ihn aus.

»Ich bringe es dir, armer Antonio, – auf hohem Meer sollst du ein edles Seemannsgrab haben. Nicht am Lande sollen sie dich verscharren; unter den lustigen Wogen sollst du schlafen, wie's einem genuesischen Kinde zukommt. In den Armen der Meerfräulein sorst du schlafen –«

»Erbarmen, heiliger Gott, sende den Tod, rette mich, rette mich!« wimmerte das verzweifelnde Mädchen; aber der betrunkene Leone lachte wild und gellend.

»Sieh mich nicht so an, Königin – heute mir, morgen einem andern – das ist der Krieg, das ist das Leben. Meinst du, ich soll jammern und Gebete murmeln wie ein Pfaff am Leichnam des Freundes? Ha, wären wir am Strande des ligurischen Meeres, mit Rosen und Myrten wollten wir uns die Haare kränzen, die schöne Nacht zu feiern! Im Namen der Rache, im Namen des Sieges, so komm in meine Arme, du wilde Geusin, so komm und sei mein, du holde Ketzerin.«

Mit einem gellenden Schrei klammerte sich Myga van Bergen an den Pfosten des Lagers, auf welchem der bleiche, blutige Leib Antonio Valanis ausgestreckt lag. Bei dem Toten suchte sie Schutz! Aber mit wildem Lachen riß Leone della Rota die Unglückliche empor in seine Arme. Mit glühenden Küssen bedeckte er ihren Mund und ihre nackten Schultern, – da klang ein dumpfer Fall über seinem Haupte, daß die Lampe an der Decke davon erzitterte. Ein Schrei! – ein Ringen – ein zweiter Fall – ein Stampfen und Trappeln vieler Füße – ein wildes Geschrei – der scharfe Knall eines Handrohres – der schreckensvolle, unheilvolle Ruf:

»Die Geusen! Die Geusen! Die Geusen an Bord! Verrat! Verrat! All'arme! All'arme!«

»Was ist das? Diavolo!« rief der Leutnant, das Mädchen freilassend und nach dem Schwerte greifend. – – Von dem blutigen Lager hob sich noch einmal der Leib Antonio Valanis, noch einmal öffneten sich die Augen weit und starr und hafteten auf dem Leutnant:

»Schütze das Schiff – Ver – räter! Niederträchtig –« ein Strahl schwarzen Blutes schoß aus dem Munde hervor, zurück sank Antonio Valani – der Tod hielt nun wirklich seine Beute.

Auf dem Deck ward nach dem Fall der ersten Wacht das Getümmel immer allgemeiner und lauter; das wirre, überraschte Schiffsvolk stürzte hervor mit den ersten besten Waffen in der Hand –

»Zu den Waffen! Verrat! Die Geusen!«

Flüche – Gestöhn – Rufe um Pardon.

Auf die Knie sank wieder Myga van Bergen, während der Leutnant, das Schwert aus der Scheide reißend, die Kajütentreppe hinaufeilte. Auf dem Verdeck stolperte sein Fuß schon über Leichen und zu Boden liegende Verwundete. Wild wogte es hin und her, und das Triumphgeschrei der Niederländer und der schreckliche Geusenruf: »Lieber Türk als Pfaff!« fingen bereits an, den Waffenruf der so schrecklich aus dem Schlaf erweckten Genuesen zu übertönen.

Und immer noch kletterte es katzengleich an den Wänden des Andrea Doria empor. Auch die nächstliegenden Handelsschiffe und kleinen Kriegsfahrzeuge schienen überfallen zu sein, denn auch auf ihnen erhob sich Kampfgeschrei, fielen Schüsse, leuchteten Fackeln auf.

In der Verzweiflung warf sich Leone della Rota den nächsten Feinden in den Weg, mit Zuruf und Tat seine Leute zum Widerstand ermutigend. Auf dem Wachthaus am Kai erwachte eine Trommel und wirbelte den spanischen Weckruf.

»Die Geusen, die Geusen! Die Geusen vor Antwerpen! Verrat, Verrat, die Geusen in der Stadt!«

Fackeln irrten am Ufer umher, Lichter erschienen in den Häusern hinter der Stadtmauer.

»Lieber Türk als Pfaff! Viktoria, Viktoria! Die schwarze Galeere! Die schwarze Galeere! Viktoria, Viktoria!« riefen die Geusen an Bord der genuesischen Galeone, alles vor sich niederwerfend. Pardon wurde nicht gegeben, was nicht niedergestochen und -gehauen ward, wurde über Bord gestürzt. Das Wort: die schwarze Galeere! erfüllte die Herzen der Italiener mit wildem Grauen und brach mehr als alles ihren Mut. Ein Teil floh ans Land, ein größerer Teil wurde im ersten Überfall niedergehauen; am Hauptmast, in dem Lichtkreise der Schiffslaterne kämpfte noch eine verzweifelte Schar. Hier hielt der Leutnant Leone della Rota mit den tapfersten seiner Mannschaft stand, und zuletzt drängte das ganze Gefecht sich hier zusammen. Schon war der Boden schlüpfrig von Blut und bedeckt mit Leichen; manch wilder Geuse fiel von dem Schwert des italienischen Leutnants.

»Mut, Mut, tapfere Kameraden – an mich heran! Es kommt Hilfe vom Lande! Mut, Mut!« rief Leone, einen Seeländer zu Boden streckend; aber an der Stelle desselben erstand ein neuer Kämpfer, über den Gefallenen wegtretend.

»Vorwärts, vorwärts, ihr Meergeusen! Nieder mit den welschen Tyrannen – nieder die Schandflagge! Herab vom Mast mit ihr! Kennst du mich, du welscher Schuft, – du feiger Mädchenräuber?«

»Diavolo!« rief der Leutnant, starr vor Schrecken und Verwunderung; doch faßte er sich sogleich. »Nicht ersoffen bist du, du Bettler? Hei, desto besser, – friß kaltes Eisen denn – da!«

»Da! Da! Myga! Myga! Rettung! Rache! Da, du Hund, fahr zur Hölle und grüß deinen Spießgesellen von Jan Norris, dem Meergeusen!«

Zu Boden in sein Blut sank Leone della Rota aus Genua, und Jan Norris setzte dem Gefallenen den Fuß auf die Brust und schrie ihm ins Gesicht: »Gerettet ist die Myga! Gewonnen ist das Schiff! Erzähl's in der Hölle!«

Damit stieß er seinem Todfeind das Schiffsmesser in den Hals.

Gefallen waren unterdessen auch die andern Genuesen, die sich nicht durch die Flucht gerettet hatten; der Kampf an Bord des Andrea Doria war beendet, und schon warfen sich die Geusen auf die Ketten, die das Schiff an den Kai fesselten.

In der Kajüte lag Myga van Bergen ohnmächtig in den Armen Jans, welcher die Braut aus dem schrecklichen Raume, aus der Gesellschaft des toten Kapitäns Antonio Valani forttrug die Treppe hinauf in die freie Luft.

Noch dauerte das Gefecht auf einigen der ebenfalls von den Niederländern überfallenen Fahrzeuge fort, aber schon glitten einige derselben, von Geusenhänden gelenkt, in den Strom hinaus, und wild harmonisch erschaute der Gesang der Sieger durch die Nacht:

>   »Wilhelmus von Nassaue
>   Bin ich von deutschem Blut,
>   Dem Vaterland getreue
>   Bleib' ich bis in den Tod –«

Vom Stern des Andrea Doria blies jetzt der Trompeter der schwarzen Galeere dieselbe Weise zur Stadt hinüber, und im wilden Chor fiel die siegreiche Mannschaft ein:

>   »Daß euch die Spanier kränken, O Niederlande gut,
>   Wenn ich daran tu denken,
>   Mein edel Herz, das blut't.«

Selbst die zum Tod wunden Geusen richteten sich unter den feierlichen harmonischen Klängen vom Boden auf – die nicht mehr singen konnten, bewegten doch die Lippen nach den Worten des Liedes. Auch Myga van Bergen erwachte dadurch wieder zum Leben, und lachend und weinend sang sie in den Armen Jans den Freiheitsgesang mit.

»Sieh, ich halte doch Wort; unter Kanonendonner und Glockengeläut und Trompetenklang führe ich dich heim! Gerettet, gerettet!« jauchzte Jan Norris.

Von der Zitadelle ertönte ein Alarmschuß über den andern. Trommel auf Trommel fiel auf den Mauern und Wällen der Stadt ein in den ängstlichen Ruf der ersten am Kaikranen. Und immer lauter regte sich hinter ihren Mauern und Wällen die große flandrische Stadt, und manch ein bedrücktes, zorniges Herz schlug höher bei den stolzen, verbotenen Tönen, die so trotzig den spanischen Trommeln entgegenwogten und immer höher schwollen, je mehr jene dagegen ankämpfen wollten. Die Sturmglocken läuteten dazu von allen Türmen. Und nun rasselte und

klirrte es aus der Stadt und von der Zitadelle herab hervor gegen den Kai; Fähnlein auf Fähnlein
rückte auf die Stadtmauern, Fähnlein auf Fähnlein drängte gegen den Fluß herab.

Aber immer stolzer klang es über allen Tumult:

>Mein Schild und mein Vertrauen
Bist du, o Gott, mein Herr,
Auf dich so will ich bauen,
Verlaß mich nimmermehr,
Daß ich doch fromm mag bleiben,
Dir dienen zu aller Stund,
Die Tyrannei vertreiben,
Die mir mein Herz verwund't.«

Tausend und aber tausend Herzen lauschten hinter den Mauern, die Paciotti um die Stadt
Antwerpen baute, in süßem Zittern diesen Klängen; tausend und aber tausend Augen wurden
darum feucht.

Nun aber galt kein Besinnen mehr; die schwarze Galeere hatte ihre schönste Waffentat ausgeführt, jetzt galt es, die Siegesbeute in Sicherheit zu bringen. Unter dem Schutz des Feuers der
schwarzen Galeere gewann Jan Norris, der Befehlshaber an Bord des Andrea Doria, die Mitte
der Schelde und fuhr stromab langsam an der Stadt hinunter. Sieben genommene kleinere Fahrzeuge schwammen bereits mit den Geusenschiffen voraus; die schwarze Galeere schloß den Zug.

Wie blitzte und krachte es von den Wällen Antwerpens; wie antworteten so gut die Geusen-
schiffe und der Andrea Doria, der jetzt unter der Bettlerflagge, die Segel lustig geschwellt vom
Morgenwinde, stromab fuhr, wie raufte Don Federigo die Haare über solch unerhörte Tat!

Feuer von allen Schanzen und Forts den Strom entlang!

Hoiho, hoiho, Geusenglück, Geusenglück! Was kümmert's die Meergeusen, ob die Spanier
gut oder schlecht schießen? Die Wunden unter Deck, die Toten über Bord – — hoiho, hoiho, da flammt's wieder von der schwarzen Galeere auf, vor Fort Philipp! Bum – bum, das ist
Cruysschanz auf der brabantischen Seite.

Nun aber haltet euch gut, ihr niederländischen Männer, der letzte Riegel, aber auch der
gewaltigste ist zu sprengen.

Drunten im Morgennebel liegt Fort Liefkenhoek.

Drunten im Morgennebel liegt Fort Lillo.

Jetzt gilt's, ihr Geusen, an die Geschütze, wer noch Hand und Fuß rühren kann!

Geusenglück! Geusenglück!

Es war alles bereit auf Liefkenhoek; der Kommandant hatte Zeit genug gehabt, seine Anord-
nungen zu treffen: bereits um zwei Uhr hatte ihn der Hauptmann Jeronimo geweckt. »Nun, was
gibt es, Sennor?« hatte der Oberst gefragt, und der Alte hatte die Achseln gezuckt und gesagt:
»'s mag sein Meuterei zu Callao, 's mag sein Aufruhr zu Antwerpen, ich ersuche Euch jedenfalls, auf den Wall zu kommen, Sennor.« Ärgerlich war der Kommandant auf der südöstlichen
Bastion seines Forts erschienen und hatte lange gehorcht. Eine Viertelstunde nachher hatte die
Trommel wieder einmal die Besatzung auf die Wälle gerufen, und eine Stunde nachher hatte
der Hauptmann gesagt:

»Sennor Oberst, ich würde die Schildwachen dieser ganzen Nacht erschießen lassen.« – – –

Wie lange dauerte nun schon der Geschützdonner stromab die Schelde? Es war kein Wunder,
daß alles zum Empfang der schwarzen Galeere bestens auf dem Fort Liefkenhoek vorbereitet
war!

Vor seiner Kompanie schritt der Hauptmann Jeronimo finster auf und ab, und je näher das
Feuer kam, desto finsterer wurde er, das war so seine Art. Er hatte das Spiel so lange mitgespielt,
bis er desselben überdrüssig geworden war – nein, nicht überdrüssig! bis es ihm so gleichgültig
geworden war, wie – wie das Atemholen. Der Hauptmann Jeronimo hatte nur nach gewohnter
Art die Achseln gezuckt, als der reitende Bote quer über Land von Fort Perle aus die erste
nähere Kunde über das vor Antwerpen Geschehene brachte. Wie grimmig die Kameraden sich

gebärdet hatten, der alte Soldat von Alba, Requesens und Farnese hatte nur dem Boten den Rücken gedreht und war zu seiner Kompanie hingeschritten.

»Und dieses Volk vermeinen sie noch immer zwingen zu können?« murmelte er. »Wie lange schon liegt die Blüte Spaniens, der Kern seiner Kraft in diesem Boden begraben! Wehe dir, armes Vaterland!«

Die Kanonen vor der Cruysschanze hatten ein Selbstgespräch unterbrochen. In den Morgennebel hinein fing es leise an zu schneien; man sah nicht drei Schritte weit.

»Ja, ja«, murmelte der alte Soldat, »feuert nur blind zu! und horch – da ist sie schon wieder, diese gottverfluchte Weise, das Grablied von Spaniens Macht und Ehre – paff, paff, so spart doch euer Pulver, ihr vernichtet sie doch nicht damit – ja, ja, schießt nur, schießt, das Lied klingt nur um so heller! O Teufel, man hat's zuletzt schon auswendig gelernt.«

In den Geschützdonner hinein und den Klang der niederländischen Trompeten summte der Hauptmann Jeronimo:

> »Ein Prinze von Oranien
> Bin ich frei unversehrt,
> Den König von Hispanien
> Hab' ich allzeit geehrt.«

Er war noch nicht damit zu Ende, als eine Kugel dicht neben ihm in seiner Kompanie einschlug und sechs Mann derselben tot oder verwundet zu Boden streckte. Von der genuesischen Galeone kam diese Kugel; Jan Norris auf dem Andrea Doria eröffnete sein Feuer im Vorüberfahren von Fort Liefkenhoek. Das Fort antwortete sogleich auf die kräftigste Weise, jedoch ohne den Geusen einen bedeutenden Schaden zuzufügen.

Auf dem Deck des Andrea Doria stand neben dem Geliebten Myga van Bergen.

Ihre Augen funkelten; was kümmerten sie die Kugeln der Spanier! Über dem Haupte des Brautpaares flatterte sieghaft das Geusenbanner, die herabgerissene Flagge Spinolas lag unter den Füßen der beiden.

»Noch eine volle Lage, Burschen! Feuer! Feuer! Feuer! Der Myga, meiner Braut, zu Ehren!« rief Jan Norris, den Hut schwingend. »Da geht die Bramsegelstange über Bord! 's tut nichts! Hoiho, Myga, süße Braut, – frei Wasser, frei Wasser! Horch, wie die schwarze Galeere vor Lillo ins Zeug geht! Hoiho, hoiho, lieber Türk als Pfaff! Frei Wasser! Frei See! O süße, süße Myga, o holde, liebe Braut, wie lieb' ich dich!«

»O Jan, Jan, auf so stolze Art ist noch nie eine Braut erobert worden! Was hast du getan um mich!«

»Ach, was ist's denn?« lachte Jan Norris. »Einen welschen Schiffsleutnant hab' ich niedergehauen und den Kadaver eines welschen Kapitäns über Bord geworfen. Die schwarze Galeere hat dich und mich gerettet – bis an die Sterne hoch die schwarze Galeere!«

»Hoch! Hoch die schwarze Galeere!« jauchzte das Schiffsvolk auf dem Andrea Doria, und weiter links donnerte das schwarze Schiff seinen Segensgruß, unter den Mauern von Fort Lillo hinstreichend. –

»Laßt es gut sein«, sagte der Hauptmann Jeronimo zu den Kameraden, die ihn vom Walle herantragen wollten. »Laßt mich in freier Luft sterben, es wird mir leichter abgehen. Lebt wohl, Kameraden, lebt alle wohl – und haltet euch gut. Ich sehe lauter junge, jugendliche Gesichter um mich her, – Kameraden, ich wünsche euch mehr Glück, als der alten Armee zuteil geworden ist. Wir haben unsere Pflicht getan – grabt nach auf dem Felde von Jemmingen, auf der Mockerheide, bei Gemblours und vor Antwerpen, – es ist nicht unsere Schuld, daß – wir noch – am – alten Flecke stehen! – Lebt – wohl, Kameraden, – das alte – Heer geht zu Grabe! Lebt wohl und – Spanien – für immer, das arme Spanien!...«

Der Hauptmann Jeronimo war tot, und stumm umstanden ihn Offiziere und Soldaten der Besatzung von Fort Liefkenhoek.

Der Geschützdonner war verstummt. Glücklich hatten alle niederländischen Schiffe die spanischen Festungen mit ihrer Beute passiert. Aus der Ferne klang aber noch immer das Lied von Fünfzehnhundertachtundsechzig:

> »Vor Gott will ich bekennen
> Und seiner ganzen Macht,
> Daß ich zu seinen Zeiten,
> Den König hab' veracht't,
> Weil daß ich Gott dem Herrn,
> Der höchsten Majestät,
> Hab' müssen obedieren
> In der Gerechtigkeit.«

Meerwärts verhallten die Klänge, als das stolze Geusengeschwader mit seiner Beute, seinen blutigen Wunden und seiner Glorie in dem immer dichter werdenden Nebel stromab glitt.

Else von der Tanne

Es schneiete heftig, und es hatte fast den ganzen Tag hindurch geschneit. Als es Abend werden wollte, verstärkte sich die Heftigkeit des Sturmes; das Gestäube und Gewirbel um die Hütten des Dorfes schien nimmer ein Ende nehmen zu wollen; verweht wurden Weg und Steg. Im wilden Harzwald, nicht weit von dessen Rande die armen Hütten in einem Häuflein zusammengekauert lagen, sauste und brauste es mächtig. Es knackte das Gezweig, es knarrten die Stämme; der Wolf heulte, wenn die Windsbraut eine kurze Minute lang Atem schöpfte; – man schrieb den vierundzwanzigsten Decembris im Jahr eintausendsechshundertundachtundvierzig.

Dominus Magister Friedemann Leutenbacher, der Pfarrherr zu Wallrode im Elend, hatte den ganzen Tag über an seiner Weihnachtspredigt gearbeitet und Speise und Trank, ja schier jegliches Aufblicken darob versäumt; das irdische Leben war so bitter, daß man es nur ertragen konnte, indem man es vergaß; aber der Prediger im Elend konnte es nicht vergessen: eine *solche* Weihnachtsrede hatte er noch nicht schreiben müssen. Er war nicht alt, der Pfarrherr zu Wallrode; er war im Jahr sechzehnhundertzehn geboren; allein dreißig Jahre seines Daseins mochten dreifach und vierfach gerechnet werden; eine solche Zeit des Greuels und der Verwüstung hatte die Welt nicht gesehen, seit das Imperium Romanum versank vor den wandernden Völkern. Nun war das zweite Imperium, das Römische Reich Deutscher Nation, auch zerbrochen, und wenngleich die Ruine zur Verwunderung aller Welt noch durch hundertundfünfzig Jahre aufrecht stand, so lösten sich doch bei jedem Sturm und Wind verwitterte, morsche Teile ab und stürzten mit Gekrach hernieder. So war es geschehen, als man den Frieden zu Münster und Osnabrück schloß, und zwei Drittel der Nation waren verschüttet worden durch den Dreißigjährigen Krieg.

Ehrn Friedemann Leutenbacher, der Pastor zu Wallrode im Elend, wußte davon zu sagen. Um seine Handgelenke trug er die blutigroten Spuren und Striemen der Stricke und Riemen, welche ihm die Raubgesellen des General Pfuhl, der sich rühmte, allein achthundert Dörfer verbrannt zu haben, anlegten, als sie ihn zwischen den Gäulen fortschleppten in den Wald. Des Gallas barbarisch Volk hatte ihn den schwedischen Trunk probieren lassen, und was Linnard Torstensohns fliegende Scharen an seinem armen Leibe und an seinen Pfarrkindern verübt hatten, das war nicht auszureden.

Es schneiete heftig, und es schien nimmer ein Ende nehmen zu können; die Dämmerung aber nahm wohl eine Stunde zu früh dem schreibenden Magister die Feder aus der Hand; es war ihm, als ob sie auch leise und unmerklich in sein Hirn gekrochen sei, als er aufblickte und einen Blick um sich her und durch das Fenster warf.

Da lag vor ihm der schlechte Fetzen groben Papieres, mit welchem letztern er in seiner Einsamkeit so sparsam umgehen mußte, da lagen die wenigen Bücher, welche der höhnischen Zerstörungslust der wilden streifenden Rotten entgangen waren, da lag vor allem die alte, zerfetzte Bibel, welche er im Jahre 1639 aus dem dritten Brande seiner Hütte gerettet hatte und welche an ihrem Einband und dem Rande der vergilbten Blätter Zeichen der leckenden Flammen trug: Und alles das Rüstzeug des Geistes war, seiner Äußerlichkeit nach, im vollkommenen Einklang mit allem, was den Pfarrer sonst umgab. Die schlechteste Hütte jetziger Zeit hätte mehr Gegenstände und Hilfsmittel der Üppigkeit aufzuweisen als dieses Pastorenhaus, auf dessen Dach der rote Hahn dreimal während dieses scheußlichen Krieges gesessen hatte, und nur die große weiße Katze, welche im Winkel neben dem Herde zusammengerollt lag, mochte sich behaglich darin fühlen.

Aber der Pfarrherr sah nichts von der Trostlosigkeit, die ihn umgab; er war im Elend aufgewachsen, und »Im Elend« hieß die hungerige Waldgegend, in welcher sein Pfarrdorf lag. Nur ein einziges Mal in seinem Leben hatte er während seiner Schulzeit zu Wittenberg freier Atem holen können; aber der Sonnenblick war so schnell vorübergeflogen, daß es wie ein ferner, ferner, unbestimmter Traum erscheinen mußte; – im Elend wäre Friedemann Leutenbacher längst verlorengegangen, wie das deutsche Volk, wenn Else von der Tanne nicht gewesen wäre.

Er hatte die Feder neben seiner Weihnachtspredigt niedergelegt, trat zu dem niedern Fenster und betrachtete in der Dämmerung die roten Narben um seine Handgelenke. Er war sehr betrübt und dachte, während er so stand, wie das deutsche Volk gleich ihm mit gefesselten Händen, zerschlagen und blutig, herausgeschleppt sei und niedergeworfen. Der Herr hatte gebrüllt aus der Höhe und seinen Donner hören lassen aus seiner heiligen Wohnung; er hatte ein Lied gesungen wie die Weintreter, über alle Bewohner des Landes; sein Hall war erschollen bis an der Welt Ende; und bis an der Welt Ende lagen die Erschlagenen und wurden nicht geklaget noch aufgehoben, noch begraben. Ehrn Friedemann Leutenbacher aber dachte noch viel mehr an Else von der Tanne, welche jetzt aus dem großen Walde fortgehen mußte, und er sprach mit den Worten des Propheten an diesem Abend vor Weihnachten des Jahres sechzehnhundertachtundvierzig:

>»Er hat mein Fleisch und meine Haut alt gemacht und mein Gebein zerschlagen.

>Er hat mich verbauet und mich mit Galle und Mühe umgeben.

>Er hat mich in Finsternis gelegt wie die Toten in der Welt.

>Er hat mich vermauert, daß ich nicht heraus kann, und mich in harte Fesseln gelegt.«

Dann seufzte er tief und schwer; durch das Gestöber im Dunkel glimmerten zwei oder drei Lichter seines Dorfes, doch da er wußte, welche tierische Verdummung, welche Schmach und welcher Jammer des Menschen um diese matten Flämmchen kauerten, so wandte sich sein Geist auch von ihnen ab, um angstvoll seufzend weiterzuirren; und immer finsterer ward die Nacht, immer heftiger der Sturm.

Die weiße Katze war aufgestanden, schlich durch die Stube, miauzte und kam, sich an den Beinen ihres Herrn zu reiben; Martina sah in das Gemach und fragte, ob sie die Lampe anzünden solle; aber der Pfarrer schüttelte den Kopf und sagte nein; – Martina machte leise die Tür wieder zu; – Ehrn Friedemann Leutenbacher blickte immer noch hinaus in die Dunkelheit: Er dachte immer noch an Else von der Tanne, und seine Seele war gefangener denn je.

Er dachte an Else von der Tanne, an ihre Hütte neben der hohen Tanne, an den sonnigen Sommertag, an welchem der Magister Konradus sein sechsjähriges Kind auf dem Arm in den Wald getragen hatte. Er dachte an ihre Stimme im Walde, er dachte daran, wie sie im Dickicht sang und Kränze wand, und dann dachte er daran, wie seine Pfarrkinder das schöne Mädchen für eine Hexe hielten, ihr auswichen, wenn sie ihr allein begegneten, sie verhöhnten, verspotteten und verfolgten, wenn eine Schar von ihnen im wilden Forst auf sie traf; er dachte an den Tag Sankt Johannes des Täufers und stöhnte laut und rang die Hände.

Es war eine so seltsame, so wunderliche Geschichte. Bannier hatte am vierundzwanzigsten September sechzehnhundertsechsunddreißig die Sachsen und Kaiserlichen bei Wittstock in grimmigster Feldschlacht geschlagen und war Herr in Deutschland. Achtzigtausend Feinde erwürgte er, und sechshundert Fahnen und Standarten gewann er während seiner Kriegsführung; aber das Volk nannte schaudernd die Jahre seines Kommandos die »Schwedenzeit«, und durch die Jahrhunderte klingt der unsägliche Jammer, den dieses Wort bedeutet, leise und schaurig fort.

In der Schwedenzeit erschien Else mit ihrem Vater zu Wallrode im Elend.

Es kamen Kinder, die gegen Ende des Septembers im Walde Holz gelesen hatten, heim und erzählten: an der hohen Tanne halte ein wunderlich Wesen, ein Gefährt, gezogen von einem schwarzen Roß und bewacht von einem wilden, gewaffneten Mann und vier Hunden, groß und grimm wie Wölfe. Und sie berichteten weiter, es sei ein Feuer angezündet unter der hohen Tanne, und neben dem Feuer sitze ein Mägdlein ganz holdselig, und der wilde Mann koche ihm ein Süppchen.

Da machten sich einige aus dem Dorf auf, das fremde Wesen auch zu sehen, und kehrten zurück und sagten aus: es sei also, das Feuer brenne und die vier Hunde seien auch vorhanden und das Mägdlein habe den Kopf auf den Leib des einen gelegt und schlafe, das schwarze Roß weide im Gebüsch und der fremde Mann haue Gestrüpp und baue eine Hütte für die Nacht, es seien aber keine Tataren.

Da ging auch der junge Pfarrer Friedemann Leutenbacher in den Wald hinaus und fand alles so, wie man ihm erzählt hatte; doch sah er nicht gleich den andern scheu aus der Ferne auf die Fremden; sondern er trat an sie heran, grüßte den finstern bärtigen Mann und wollte ihn fragen, weshalb er hier in der unfreundlichen Wildnis sein Nachtlager aufschlage und weshalb er nicht hinab ins Dorf und in das Pastorenhaus gestiegen sei, um mit dem vorliebzunehmen, was das Dorf im Elend bieten könne und die böse Zeit übriggelassen habe. Der fremde Mann jedoch erwiderte den frommen Gruß nicht, er sah nicht auf von seiner Arbeit, und die langen wüsten Haare verhingen ihm das Gesicht. Nur das schwarze Roß sah auf den Pastor, und drei von den greulichen Hunden richteten sich empor, reckten sich, knurrten und wiesen ihre weißen Zähne und blutroten Zungen. Der vierte, auf dessen struppigem Leibe das Köpfchen des schlafenden Kindes lag, blieb liegen; aber auch er murrte und wies die Zähne; der Pfarrer wußte nicht, was er ferner sagen und tun sollte; er stand zweifelnd und sah zu, wie unter den kunstfertigen Händen des Fremden die Hütte aus Gestrüpp und Gezweig sich erhob; er sah auf das zweiräderige Fuhrwerk und auf das niederglimmende Feuer neben der hohen Tanne. Vor allem aber sah er auf das schlafende Mägdlein, welches plötzlich ein Strahl der abendlichen Sonne, in rötlichem Glanz um den Stamm einer uralten Eiche schießend, traf und welches nunmehr in diesem Glanz und Blenden die Augen aufschlug. Es reckte sich auch und richtete sich empor, und in demselben Augenblick schoß der Wolfshund, dessen Leib ihm zum Kopfkissen gedient hatte, auf und fuhr mit Geheul gegen den Pfarrer.

Da rief das Kind, lieblich erschreckt:

»Marschalck! Marschalck! Zurück! Laß ab!«

Und Marschalck nahm die Vorderpfoten von der Brust des Pfarrherrn und ging zu den drei bösen Genossen; das Mägdlein erhob sich aber von der Erde, lächelte und trat auf Ehrn Friedemann Leutenbacher zu und sagte:

»Einen fröhlichen Abend wünsch ich dir! Er hat dich wohl schwer erschreckt, der arme Marschalck? Zürn ihm nicht, ich bitt dich.«

Sie wollte noch mehr sagen, und der Pastor von Wallrode im Elend wollte ihr antworten; da schritt aber der bärtige Mann mit seiner Axt her, faßte den Arm des Kindes, stellte sich dräuend vor den Pfarrherrn und schob ihn mit dem Stiel der Axt zurück und wies in den Wald, als wolle er sagen: Geh deines Weges, ich will nichts zu schaffen haben mit dir; ich will dein Lächeln und deine freundlichen Worte nicht! Geh hin, woher du gekommen bist und warne dein Volk, daß es uns nicht in den Weg komme.

Die Augen des Mannes leuchteten noch viel schrecklicher als die des zornigen Hundes, als dieser sich vor der Brust Friedemanns aufrichtete; und als der Pfarrherr noch ein gut Wörtlein sagen wollte, da erhob der Fremde so dräuend das blanke Beil, daß jener erschreckt zurückwich, um dem Schlage auszuweichen.

Das kleine Mädchen schrie auf und bedeckte die Augen mit den Händchen, und Ehrn Friedemann Leutenbacher, als er sah, daß sein guter Wille also verachtet werde, schritt seines Weges durch den Forst zurück, in tiefen Gedanken, und sprach daheim seinem Völklein zu: man möge den Fremden in Frieden gewähren und ziehen lassen; es sei eine Zeit Gottes, in welcher der Herr der Menschen Sinnen und Gedanken, Tun und Treiben arg durcheinanderwürfele auf seiner Tenne, eine Zeit, in welcher ein jeglicher, es sei Mann oder Weib, so viel mit sich selber zu tun habe, daß ein jeglicher wohltue, für sein armes Teil Frieden zu halten und jedem armen Bruder seinen Weg offenzulassen.

Die Gemeinde schüttelte die Köpfe; aber sie mußte wohl dem Wort ihres geistlichen Beraters folgen; fürchtete sich auch wohl ein wenig vor den vier starken Hunden und dem Feuergewehr des wilden Fremdlings; vermeinte auch, daß der letztere mit allem, was er mit sich führe, gehen werde, wie er gekommen sei, sintemalen er doch nicht hausen könne unter der hohen Tanne im Elend.

Als aber am andern Tage neugierige Seelen wieder zur hohen Tanne schlichen, da fanden sie das Wesen noch am alten Ort; sie hörten die Hunde in der Ferne bellen und vernahmen einen Büchsenkrach und sahen den unheimlichen Mann mit einem erlegten Rehbock aus dem Gebüsch kommen, das Kind sahen sie nicht; und darnach regnete es wohl zwei Wochen, und niemand kam so weit in den Wald; in der dritten Woche jedoch stieg der Fremdling mit seiner Büchse auf der Schulter, begleitet von einem der Hunde, in das Dorf hinab und setzte sich vor dem verbrannten Gemeindehaus auf einen Haufen verkohlter Balken. Da dauerte es nicht lange, daß das Volk aus den Hütten sich in einem weiten Kreis um ihn her versammelt hatte, und ein Knab' lief zum Pfarrherrn, um ihm anzuzeigen, was sich begeben habe und wie der Mann von der hohen Tanne gleich einem Tauben und Stummen vor dem Rathaus sitze. Mit Wunder erhub sich nun auch der Pastor von seiner Arbeit, trat auf die Gasse und ging mit dem Boten zum Gemeindeplatz, fand auch, daß es so war, wie ihm mit fliegendem Atem berichtet wurde.

Als der Fremde seiner ansichtig wurde, stand er schnell auf, schritt dem Pfarrherrn entgegen und lüftete ein wenig den Filzhut, bot sodann ganz höflich die Zeit und sprach auf lateinisch:

»Domine, mich verlangt, dir zu sagen, daß es mir leid ist um den Tag, an welchem wir zuerst uns sahen. Die Zeit sprach aus mir und mein Schicksal; verzeihe mir. Non sum impostor, nec proditor, nec erro, nec magus, nec thraso, ich bin kein Betrüger oder Verräter, kein Landstreicher oder Schwarzkünstler, kein Schnarchhans. Ich bin ein Sohn deines Volkes und wie das Vaterland im Elend. Ich komme aus der Ferne und will bei Euch wohnen; will eine Hütte im Walde bauen für mein Kind – hilf mir, daß es so geschehe, ich will es auch den Leuten deines Dorfes lohnen.«

Staunend über solche Rede, hub der junge Pfarrherr die Hände; diese Sprache hatte er nicht erwarten können. Sie trug den Fremden so hoch hinaus über die armen Menschen, unter welchen der Prediger bis jetzt seine Tage verbringen mußte, daß Ehrn Friedemann fast die Antwort vergaß und sich erst besann, als ihn der Fremde recht ungeduldig ansah. Nun redete auch er in lateinischer Zunge zu dem Fremden und meinte: hocherfreulich müsse ihm die Ankunft und Absicht eines solchen Mannes sein; doch verwunderlich erscheine letztere ihm auch. Der Winter sei vor der Tür; und hart, rauh und langdauernd sei er in diesem Lande, und es sei doch wohl nicht gut und barmherzig, ein zart klein Kind allen Gefahren und Beschwerden der Wildnis auszusetzen. Das Dorf sei arm, sprach der Pfarrherr, und habe arg und viel gelitten von der langen, schrecklichen Kriegesnot, doch biete es zuletzt immer noch einen bessern Schutz und Zufluchtsort als der wilde Forst; es stehe mehr denn eine Hütte leer, deren solle der Herr die Wahl haben, und er – Friedemann Leutenbacher – wolle in allem helfen und zu Rat und Handen sein, wo und wie er könne.

Auf diese Rede schüttelte der Fremde nur den Kopf und antwortete: er sei dankbar, doch sein Entschluß stehe fest; sein Sinn sei nicht angetan, unter den Menschen zu wohnen, sein Kind aber müsse bei ihm wohnen im Wald und könne es auch.

Ganz verdutzt hatten die Bauern von Wallrode während dieses Zwiegesprächs gestanden. Ihre Blicke wanderten zwischen ihrem Pfarrherrn und dem Fremden hin und her, sie kratzten sich hinter den Ohren und stießen einander in die Seiten und schlossen ihren Kreis immer enger. Jetzt aber setzte ihnen Ehrn Friedemann Leutenbacher auseinander, was der fremde Mann wünsche und verlange, und nun erhob sich ein Gemurmel in der Gemeinde, welches allmählich zum lauten Geschrei wurde.

Die einen sagten, man müsse dem ausländischen Herrn helfen, da er Geld biete und wenig verlange; die andern vermeinten, dem Ding sei nicht zu trauen und das Wesen gefalle ihnen gar nicht. Letztere hatten den Kopf voll von allerlei unheimlichen Bedenken und meinten: sie trauten niemanden mehr, nicht dem Nachbar, nicht dem Verwandten, ja kaum noch dem Herrgott. Sie fluchten, wenn sie an die erduldeten Leiden und das gegenwärtige Elend dachten, und sie waren leider so im Recht, daß sie niemand darum strafen konnte.

Man könne nicht wissen, sagten sie, welchem neuen Unheil dieser fremde Mensch mit seiner seltsamlichen Begleitung vorangehe. Die Welt sei nun einmal wie ausgewechselt und so falsch, schlecht und blutig, daß ein jeglicher sich hüten solle und daß keiner mehr auf sich lade, als er müsse.

Sie redeten noch mancherlei und erhitzten sich immer mehr, bis sie wieder vor den begütigenden Worten des Pfarrherrn still wurden. Das Ende vom Widerstreit aber war, daß man den Fremden aufforderte, seinen Namen, Stand und früheren Wohnort anzugeben und darzutun, in welcher Weise er imstande sei, den guten Willen und die Hilfleistung des Dorfes Wallrode im Elend zu erkaufen.

Da sprach der Mann, er wolle sich nennen der Magister Konradus, mehr aber sei nicht zu wissen nötig, und werde er auch nichts weiter sagen. Was aber den zweiten Punkt anbelange, so solle man angeben, was man fordere für das, was er wünsche; nämlich eine Hütte und Frieden.

Als er bei diesen Worten in die Ledertasche an seiner Seite griff und vier Goldstücke hervorzog und sie in der hohlen Hand zeigte, da stießen die Bauern die Köpfe zusammen und berieten von neuem. Die Vorsichtigen, die Furchtsamen und die Schreier wurden überstimmt; es wurde beschlossen, dem Magister Konradus die erbetene Hilfe zu leisten und ihn an der hohen Tanne in Frieden wohnen zu lassen, solange er selber Friede halte.

Besiegelt wurde der Pakt durch einen Handschlag zwischen dem Pfarrherrn Friedemann Leutenbacher und dem Fremden, die Hütte wurde erbaut, aus altem Gebälk und Brettern, aus Rasen und Steinen – ein wüstes Ding, selbst solang es noch neu war. Der Magister Konradus aber wohnte in der Hütte an der hohen Tanne mit seinem Kind, und die vier gewaltigen Hunde hielten Wacht davor. Das schwarze Roß stand unter einem Wetterdach. – –

Zwölf lange, unruhvolle, mühselige, martervolle Jahre war's her, und es ist schon gesagt, wie die Welt, das Dorf Wallrode im Elend und der Pfarrer zu Wallrode, Ehrn Friedemann Leutenbacher, während dieser Zeit gelitten hatten. Aber über die verborgene Stelle im wilden Walde, über die Hütte an der hohen Tanne, in welcher der Magister Konradus mit seinem Kinde lebte, hatte das Geschick schützend seine Hand gehalten. Wie oft auch die Kriegsfurie diesen abgelegenen Erdenwinkel mit ihren Schrecken erreicht hatte, die Hütte an der hohen Tanne war stehengeblieben, und ihre einzigen Feinde waren die Jahre und die Witterung gewesen; die Leute aus dem Dorfe hatten es nicht gewagt, sie niederzulegen; obgleich sie oft genug den besten und bösesten Willen dazu hatten.

Nun dachte der Pfarrherr zu Wallrode im Elend, Herr Friedemann Leutenbacher, an diesem vierundzwanzigsten des Decembers sechzehnhundertachtundvierzig in Wonne und Schmerz daran, wie viele Fäden zwischen seiner Hütte und der Hütte an der hohen Tanne hin und wider liefen und wie sein Leben ein anderes geworden seit den Herbsttagen nach der blutigen Wittstocker Schlacht.

Er hatte in einer Wüste, einer Wildnis gelebt und nicht geahnet, daß es Blumen gebe in der Welt und daß der Boden dazu geschaffen sei, sie zu tränken und zu speisen und ihre Pracht und Schönheit als seinen Schmuck zu tragen. Nun hatte eine Wunderhand aus fremdem Lande in die Wildnis und Wüste ein grün Zweiglein getragen und es in die schwarze, traurige Erde gesteckt, und Ehrn Friedemann hatte in Verwunderung gestanden und zugesehen und die Bedeutung nicht gewußt. Aber ein jeglicher Tag, der kam, brachte dem Zweiglein sein Tröpfchen Segen, und jeglicher Tag, der kam, tat das Seine, das Wunder in der Wüste zur Vollendung zu bringen. Kein Wintersturm hatte dem schwanken, zarten Reis etwas an; keine Windsbraut, die den Forst mit Gewalt durchfuhr und die höchsten Tannen und Eichen brach, durfte diesem Reislein ein Leid antun; es wuchs in der Verborgenheit und wußte nicht, wie die Welt vor dem Wald aussah.

Durch die Wipfel der hohen Bäume sah die linde Sonne, die auch nichts von dem großen Kriege um den Glauben und dem Niederfall des Reiches wußte, lächelnd hernieder; und als es wieder einmal Frühling geworden, da war der Zauber vollendet, über Nacht war das Zweiglein zu einem Rosenstock worden und stand um und um mit verschlossenen Knospen, die des Sommers harrten. –

Der Magister Konrad hatte sich in seiner Hütte seltsam eingerichtet. Der Karren, welcher seine Habseligkeiten in den Wald trug, schien ebenfalls ein Wunderkarren zu sein. Es befanden sich darauf mehr Dinge, als man auf den ersten Blick glauben konnte, Hausgerät, bunte

Teppiche, Bücher und Instrumente von wunderlicher Form, Tiegel und Gläser, die nicht zum Hausgebrauch dienen konnten – alles wohl verpackt. Als nun die Bauern von Wallrode ihre Arbeit und Hilfleistung an der hohen Tanne vollendet hatten, als die Hütte stand, zog der Fremde ein und richtete sein Wesen darin zurecht; vergeblich suchte er aber dabei die neugierigen Augen des Dorfes auszuschließen. Was er in dieser Hinsicht tun konnte, tat er freilich, und seine vier Rüden halfen ihm natürlich wacker dabei; aber selbst das wenige, was über seinen Haushalt unter die Leute kam, genügte, ihnen die Köpfe mit den merkwürdigsten Phantasien zu füllen. Die Übertreibung gesellte sich dazu, und die, so nichts gesehen hatten und alles nur vom Hörensagen kannten, nicht weniger als die, denen durch Zufall oder Gunst ein Einblick gestattet worden war, trugen dunkle, bedenkliche Gerüchte um, welche von Tag zu Tage, von Woche zu Woche, von Jahr zu Jahre sich ungeheuerlicher färbten und sich widriger festhängen um die dunkeln Herde von Wallrode im Elend. Da war bald niemand, alt oder jung – der Pfarrherr ausgenommen – im Dorfe, der nicht bereuete, einst seine Hand zum Aufbau der Hütte geliehen zu haben; da war bald niemand, welcher nicht mit Freuden seine Hand geboten hätte, sie wieder niederzuwerfen.

Die Stelle bei der hohen Tanne wurde verrufen, und was das heißen wollte um die Zeit, als der Dreißigjährige Krieg seinem Ende zuging, das mag sich jeder deuten, der weiß, was das böse Wort heute noch im Munde und Herzen des Volkes wiegt. Ach, es konnte ja niemand zu Wallrode im Elend, außer dem Pfarrherrn Friedemann Leutenbacher, wissen, daß es so viele tausend gute Gründe gab, die den Menschen mit dem, was ihm noch aus einer bessern Zeit, von einem besseren Selbst blieb, in die Einsamkeit trieben! – Nur um Ungeheuerliches, Furchtbares, Tag-und Lichtscheues zu brüten und zu schaffen, konnte sich der Fremde auf solche absonderliche Weise an solchem unheimlichen Orte verborgen haben; – das war die Meinung des Dorfes.

Zuletzt fanden der Magister Konradus und sein liebliches Kind, nachdem die Rüden bis auf den tapfern Marschalck, der auch nicht mehr sah und nicht mehr stark war, abgestorben waren, in dem Grauen, welches sich um ihr Leben in der Verborgenheit, um die Hütte an der hohen Tanne geisterhaft legte, den einzigen Schutz. Ja, dieses Grauen gab ihnen bessern Schutz, als der Pastor Leutenbacher mit allen seinen Ermahnungen, Warnungen und Bitten den armen, rohen, unwissenden Seelen in seiner Gemeine abringen konnte.

Daß der Pfarrherr von dem »fremden Volk« zuerst und am giftigsten verzaubert worden sei, wußte jedes Kind im Dorfe. Es war ihm »angetan«; selbst Gott der Herr, der doch alle Dinge gemacht hatte, konnte ihm kaum noch helfen.

Wahrlich lag auf dem Pfarrherrn Friedemann Leutenbacher ein Zauber, und ein gewaltiger! je mehr seine Nachbarn im Elend, seine Pfarrkinder sich mit Scheu und Abscheu von dem Wesen im Walde abwendeten, desto mehr und heftiger fühlte er sich dazu hingezogen, und wenn solches ein Zauber war, so war es doch kein Wunder.

Der Pfarrer im Elend hatte, im Gegensatz zu seiner Zeit, immerdar aufs innigste mit der Natur verkehrt; der arme hatte ja aus seinem und seiner Umgebung Jammer nie eine andere Zufluchtsstätte gehabt als den Wald, und wenn er wenig wußte von der gelehrten Kunst, jedes schöne Leben in Forst und Feld zu zergliedern und bei seinem lateinischen oder griechischen Namen zu nennen, so hielt er sich an die Namen, die Adam den Dingen gegeben, und ließ sie in jedweder Stimmung nach Adams Weise auf sich wirken. Er sah die Zeiten des Jahres – er sah den Nebel, den Regen, den Schnee, den Sonnen-und Mondenschein kommen und gehen. Er lehnte am knorrigen Stamme der Eiche im Schatten und blickte in das glänzende Land, dessen Brand-und Blutstätten, dessen verwüstete Felder und Fluren in der allgemeinen Schönheit, welche der Mensch der Erde, seinem theatro, nimmer zu nehmen vermag, verschwanden und untergingen. Er lag den sonnigen Tag über im Gras am Bergeshang und blickte über die schwarzen Lettern seines Neuen Testamentes in die geheimnisvolle Finsternis des Tannenwaldes und hörte die Tannen leise singen im Hauch des Windes. Weithin war er mit seiner Gegend vertraut, und jeden Fels und Stein, jeden Quell, jeden dunkelklaren Weiher im Forst kannte er und kam zu ihnen, mit ihnen zu verkehren wie mit Freunden und Verwandten – heute mit diesem, morgen mit dem, wie sein Herz und die bange oder leichtere Stimmung des Tages ihn trieben. Den dritten Teil seiner Predigten verfertigte er im Walde; – er trug seine Seele hinein und gab sie ihm.

Aber wenn der Mensch seine Seele gibt, so muß er auch eine Seele wieder empfangen, wenn sich nicht der hohe Segen zum bittersten Unheil verkehren soll, und es ist einerlei, ob die Seele einem Weibe, einer Dichtung oder einem großen Werk und Plan zum besten der Brüder des Erdentages gegeben werde. Nun war der Wald nur schön, erhaben, lieblich, feierlich: Eine Seele hatte er nicht wiederzugeben, wie das Weib, wie die grau gefärbte Tafel, wie das arme Blatt weißen Papiers. Einsam blieb der Pfarrherr Friedemann Leutenbacher im Schatten wie im Sonnenschein; selbst die Schönheit, Milde und Lieblichkeit der Natur mußten erdrückend werden.

Seit langen Jahren wagte Friedemann nicht mehr, das Echo mit seiner Stimme zu lustigem Gegenruf zu erwecken; er fürchtete sich vor der Stimme des Waldes, die seiner Verlassenheit spottete. Oft fuhr er schaudernd zurück vor seinem Bild im Quell oder im dunkeln, geheimnisvollen Waldteich; oft fuhr er erschreckt zusammen, wenn plötzlich fern der Wind sich erhob, über die Wipfel fuhr und sie mit dem Saum seines Gewandes geisterhaft streifte. Dem Pfarrherrn von Wallrode fröstelte oft in der heißesten Glut des Juli auf dem sonnigsten Wiesenflecke, und der Duft, welchen der wolkenlose Sommermittag den Tannen und Fichten entlockte, und der, wenn man nicht einsam ist, berauschend wie junger Wein wirkt, füllte ihm Herz und Hirn mit so jäher Angst und unsäglicher Beklemmung, daß er aus dem Bereich desselben im Lauf entfliehen mußte, um dann, atmend im freien Felde stehend, die pochenden Schläfen mit der Hand zu drücken.

Weil dem Walde die Seele fehlte und weil Undine, die sich nach einer Seele sehnte, nur ein schönes Märchen ist, konnte der Pfarrherr von Wallrode im Elend nur den dritten Teil seiner Predigten im Walde machen. Das erbarmungswürdige, halb tierische Leben um seine leere, halbzertrümmerte Behausung her hatte doch wieder mehr dafür zu geben als die Natur. Als nun von dem Frühling des Jahres sechzehnhundertsiebenunddreißig an dem Walde eine Seele wuchs, da huben für den Pfarrer im Elend das Wunder und der Zauber an.

Den Herbst und Winter des Jahres sechsunddreißig hindurch hatte der Magister Konrad jeden Verkehr mit dem Pfarrherrn schroff und mißtrauisch von sich gewiesen, und scheu, selber halb furchtsam, hatte Ehrn Friedemann Leutenbacher, dessen Grüße kaum erwidert wurden, die Gegend der hohen Tanne gemieden und seine Schritte nach andern Richtungen gelenkt. Aber gegen Ende des Frühlings siebenunddreißig trat eines Abends, als die Sonne dem westlichen Horizont schon ziemlich nahe war, der fremde Mann dem Geistlichen jach in den Weg, grüßte ihn zum erstenmal höflich, wenn auch finster, und fragte ihn, ob er nicht eine Stelle wisse und kundgeben wolle, wo das Kräutlein Hyperium, sonsten auch Sankt Johanniskraut genannt, in guter Menge wachse und zu finden sei. Er mußte seine Frage eindringlicher wiederholen; denn so verwundert war der Pfarrherr über das plötzliche Entgegentreten aus dem Gebüsch und das Anreden, daß er des Fremden Meinung zuerst ganz und gar überhörte. Wohl aber wußte er, wo Gott ein jegliches heilkräftig, gesund, balsamisch oder giftig Kräutlein in seinem Walde wachsen ließ – sei es in der Sonne, sei's im Schatten, sei's am Felsgestein, sei's am Quell. Auch das Kraut Hyperium kannte er nach Stand und Nutzen, schritt mit dem Magister zur Stelle und half ihm pflücken. Da mußte zuletzt doch ein Wort das andere geben und die beiden Männer aus ihrer gegenseitigem Einsamkeit hinaus-und einander entgegenführen. Der Pfarrherr erfuhr, daß das kleine Mädchen seit dem harten Winter in der Hütte krank liege und sich trotz des neuen Frühlings und der schönern Tage nicht wieder erholen und zurecht werden könne. Der Fremde erfuhr, daß Ehrn Friedemann Leutenbacher ein Mann sei, mit welchem sich wohl in jeder Sache ein gut Wort reden und ein guter Rat halten lasse. So waren die beiden, ihnen selber fast unvermerkt, nahe an die Hütte gekommen, und mußte es geschehen, daß der Magister Konrad den Pfarrherrn einlud, einzutreten unter das Dach, so er hatte aufrichten helfen, und das kranke Mägdlein anzusehen. Zum erstenmal stand der Pfarrherr in dem Raume, vor dessen Gerät und Bewohnern dem Dorf Wallrode so sehr grauete. Er sah die Bücher und wenigen mathematischen und physikalischen Instrumente, und er sah die kleine, kranke Else, die mit großen, dunkelblauen, fieberkranken Augen ihn von ihrem Lager aus anblickte und, nachdem sie seine Gestalt und Miene erkundet hatte, lächelte und ihn lieblich nickend grüßte. Die Bücher und Instrumente zogen den Pfarrherrn von Wallrode wohl recht an, gleich alten trefflichen langentbehrten Bekannten aus längst vergangener Zeit; aber mit noch größerer Wehmut und Rührung würde er sie gegrüßt haben, wenn des Mägdleins Augen es gelitten hätten. Dem Zauber, der aus diesen beiden dunkeln Kindesaugen auf den Mann, den Diener am Worte Gottes, den Gelehrten, den Menschen, der so viel litt und erfuhr, strahlte, war nicht zu widerstehen; – von dieser Stunde, von diesem Augenblick an, war Friedemann Leutenbacher an die Hütte des Magisters Konradus gebannt; von diesem Augenblick an bekam der große Wald eine Seele, und der Pfarrherr brauchte nicht mehr aus ihm zu fliehen, weil er sich fürchtete in seiner Einsamkeit. Dieses Kind bedeutete für den Mann aus dem Elend die Offenbarung eines Daseins, welches er nicht kannte, nach welchem er nur ein dumpfes, schmerzenvolles, unbestimmtes Sehnen im Herzen trug. Dieses Kind wußte nichts von der grausen Last, die auf der Erde und dem Herzen des Pfarrers von Wallrode im Elend lag. –

Noch längere Zeit nachdem die Tochter leicht und heiter dem Geistlichen entgegengegangen war, blieb der Meister Konrad verschlossen und finster und gestattete erst allmählich, als der Einfluß des Gelehrten auf den Gelehrten zu wirken begonnen hatte, einen tiefern Einblick in die Geschichte seines Lebens. Das Unglück maß damals mit einem gewaltigen Maß, und kein Schrecken und Schmerz, welche den Menschen treffen mochten, waren so groß, daß sie nicht noch durch gräßlicheres Unheil überboten werden konnten. Seinen Namen nannte der Magister nie; doch von seinen Schicksalen erzählte er im Laufe der Jahre bruchstücksweise, und das Herz erzitterte, sie zu hören; wir können aber nur kurz davon Bericht geben, da wir nicht seine Geschichte beschreiben.

Er war ein Lehrer an der Domschule der unglücklichen Stadt Magdeburg gewesen, und mit seinem Hause waren sein Weib und seine beiden ältesten Kinder verbrannt am zehnten Mai des Jahres sechzehnhunderteinunddreißig. Ihn selber hatte das Geschick mit dem jüngsten Kind in die Domkirche unter die tausend jammervollen Menschen geschleudert, welchen nach drei Tagen der Todesangst der kaiserliche General, Johann Tzerklas von Tilly, das schenkte, was allein er ihnen nicht nahm, das Leben. Des Meisters Name stand auch unter dem Briefe, in welchem die letzten übriggebliebenen Bewohner der großen, zertrümmerten Stadt die stromabwärts liegenden Städte, Dörfer und Flecken bis nach Hamburg um Gottes und Jesu Christi willen baten, die sechstausend Leichname ihrer Mitbürger und Verwandten, welche der Feind, um die Gassen zu räumen, in die Elbe geworfen hatte, nicht den Tieren des Waldes und Feldes zu überlassen, sondern sie barmherzig und christlich zu bestatten, wenn der Fluß sie zu ihnen tragen würde. Vier Jahre wohnte der Magister Konrad unter den Trümmern. Auf die erste stumpfsinnige Betäubung folgte die gottlästernde Verzweiflung und dieser die unheilbare, herzzerfressende, täglich wachsende Melancholie. Das neue Leben, welches sich auf der schwarzgebrannten, blutgetränkten Stätte um ihn her kümmerlich und kläglich erhob, hatte keinen Sinn für ihn; die Geister der erschlagenen dreißigtausend Männer, Weiber und Kinder, welche in den Ruinen umgingen, machten diese winzige, trostlose Lebendigkeit selber zu einem Spuk; und der Schatten der versunkenen Stadt duldete kein Sonnenlicht über den neuen Wohnstätten, die aus rauchgeschwärzten Mauersteinen und halbverkohlten Balken langsam aufwuchsen. Und die Pest saß mit unter den Trümmern und wich nicht; neue Kriegesstürme brausten heran und drangen durch die alten Breschen der Wallonen und Kroaten und fuhren grimmig durch die offenen Pforten der Stadt, deren Torflügel seit dem zehnten Mai zu Boden lagen wie alles andere. Vergeblich versuchte es der Gelehrte, seinen Lehrstuhl wieder aufzurichten; in allem vernichtet, wich der Meister Konrad im vierten Jahre nach der Verwüstung gen Halberstadt und von dort in den Wald, um den Menschen, dem Greuel der Welt ganz zu entfliehen und sein Kind zu retten aus dem Chaos und der Sünde der Zeit. – Wir haben erzählt, wie ihm die Leute von Wallrode im Elend und ihr Pfarrer Friedemann Leutenbacher seine Hütte an der hohen Tanne bauen halfen und wie er sein Einsiedlerleben daselbst begann. – – –

Wollte dieser Schneesturm nimmer zu einem Ende kommen? Mächtiger und mächtiger sauste und brauste es und schüttete die weißen Lasten auf Forst und Dorf. Es knackte und knirschte das Gezweig, es krachten die Stämme; der Wolf heulte, wenn die Windsbraut Atem schöpfte, und durch all den Aufruhr der Natur klang dem Pfarrer Friedemann Leutenbacher ein Lied ins Ohr, Verse aus einem Liede, welches Else von der Tanne gesungen hatte:

> Vierzehn lange, lange Wochen
> Gab die Liga Sturm auf Sturm,
> Vierzehn lange, lange Wochen
> Trotzte Mauer, Wall und Turm.
> Tapfre, fromme, teutsche Bürger
> Schützten Glauben, Ehr' und Haus –
> Dreißigtausend Ketzer-Leben
> Rottet heut die Kirche aus.
>
> Stadt gewonnen! all gewonnen!
> Und des Kaisers Feldherr spricht:
> Seit Jerusalem verloren,
> Sah man solch Victori nicht!
> Heilige Jungfrau, Mutter Gottes,
> Dank und Gloria! Dir die Ehr'!
> Seit man Troja hat gewonnen,
> Sah man solchen Sieg nicht mehr!

Aber nicht bloß dieses Lied, nein, manch andere Weisen, deren Noten niemals eine Menschenhand auf Papier festgebannt hatte wie die Buchstaben eines Buches, sang Else von der Tanne! Else von der Tanne, die schönste Maid – Else von der Tanne, die von der Sünde und dem Greuel der Welt im Wald, im Elend unberührt geblieben war! Else von der Tanne, die reinste, heiligste Blume in der grauenvollen Wüstenei der Erde – Else von der Tanne, die Seele des großen Waldes! Der Pfarrer Friedemann Leutenbacher im Elend mußte beide Hände vor das Gesicht schlagen, er mußte bitter weinen: Die winterliche Sturmnacht mußte endlich doch zu ihrem Ende gelangen; aber die Nacht, welche sein Leben jetzt bedrohte, *die* konnte nicht enden, solange er noch unter den Lebenden wandelte.

Else von der Tanne hatte als Kind an seiner Seite gesessen und hatte um seine Knie gespielt, während er mit ihrem finstern Vater ernstes Gespräch über der Welt Lauf und Bedrängnis pflog. Er war so jung geblieben in seiner Verlassenheit, daß er mit ihr ein Kind sein konnte, daß in ihrem kindischen Herzen kein Ton anklingen konnte, der nicht in seiner Brust einen Widerhall fand. Gleich einem Träumenden kam er stets von einem solchen lieblichen Verkehr heim in seine öde Wohnung zu seinem armen, blöden, gequälten, mißtrauischen Volk. Es war ein ander Ding, mit dem kleinen Mädchen am Weiher mitten im dunkeln Forst zu sitzen, als allein mit der Furcht vor dem eigenen Bild im Wasser. Das lachende Gesichtchen des Kindes in der Flut war nicht gespenstisch. An der Seite Elses schauderte und fröstelte den Pfarrherrn nicht mehr vor den hohen Geheimnissen der Natur; – Else von der Tanne verstand die Sprache der Tiere, des Windes, des Lichtes ganz anders und viel besser als der Pfarrherr, und der Pfarrherr hatte viel mehr von dem Kinde zu lernen als das Kind von ihm.

Wie sich die junge Seele von Frühling zu Frühling mehr entfaltete, erschlossen sich auch mehr und höhere Geheimnisse in der Brust Friedemann Leutenbachers, und als Else von der Tanne die schönste der Jungfrauen geworden war, da war der Pfarrer im Elend mit ihr gewachsen und trotz seiner Jahre so jung wie sie. Es war entsetzlich – ein Schmerz sondergleichen, an diesen Glanz, diese Holdseligkeit des Lebens, welche auf ewig versinken sollten, in dieser winterlichen Sturmesnacht denken zu müssen.

Gestern noch war der Wald grün, gestern noch blühten alle Blumen, sprangen alle Quellen; gestern noch wandelte Else von der Tanne in der Anmutigkeit des Jahres, und so weit auch Friedemann Leutenbacher vom höchsten Bergesgipfel über die Herrlichkeit des blühenden, funkelnden Landes blicken mochte, nichts herrlicheres gab es, so weit das Auge und das Herz reichten, als Else von der Tanne.

Die schwarzen, schrecklichen Striche, welche die Heereszüge durch die Ebene gezogen hatten, waren ausgelöscht; die roten Narben um die Handgelenke des Pfarrherrn von Wallrode waren Zeichen der Verheißung wie der Griff des Engels an der Hüfte Jakobs auf der Stätte Pnuel, die da heißt: Ich habe Gott gesehen, und meine Seele ist genesen.

Gestern, gestern! Wer kann den Gram ermessen, welcher sich in dem kleinen Worte bergen kann? Es ist der gierige Schlund, der das gespenstische »morgen« gebiert, welches uns mit tausendfachen Schrecken ängstet, bis die finstere Höhle, die alles verschlingt, wodurch wir leben, uns selber in ihre Tiefen herabzieht.

Gestern wandelte Else von der Tanne im Lichte des Frühlings und des Lebens, und heute – heute schrieb der Pfarrherr zu Wallrode im Elend die Weihnachtspredigt für sein Dorf, durch welches Else von der Tanne getötet war.

Dies aber ist die Geschichte des Todes der Jungfrau.

In der fünften Woche nach Pfingsten des Jahres sechzehnhundertachtundvierzig, am Tage Johannis des Täufers, wollte Ehrn Friedemann Leutenbacher in seinem verwüsteten Kirchlein das Abendmahl austeilen, und am Tage vorher hatte ihm der Meister Konrad im Walde gesagt, daß er mit seinem Kinde herniedersteigen würde, um des heiligen Geheimnisses teilhaftig zu werden. Else aber hatte zu diesen Worten ihres Vaters genickt und lächelnd gesprochen:

»Ja, Herr Pfarrer, wir kommen herab aus dem Walde; und dann nehmen wir Euch nach dem heiligen Werke mit uns zurück. Es ist mein Geburtstag morgen, den müsset Ihr mir feiern helfen. Ihr müsset mir ein Sträußlein und einen Glückwunsch in Reimen bringen.«

Ehrn Friedemann hatte auch gelächelt und genickt und gesagt: er wolle schauen, daß er die Blumen zum Strauß und die Reime zum guten Wunsch mit den Blumen am Wege zum Walde finde.

Dann hatte er, als der Mond aufstieg, Abschied genommen und hatte, als er sich am Fels wendete, die zarte Gestalt im weißen Schein des Mondes stehen sehen und neben ihr das zahme Reh. Die letzte Nachtigall des Jahres hatte ihr letztes Lied gesungen, und als der Pfarrer aus dem Walde hervorgetreten war, lag über den Bergen jenseits des Dorfes ein fernes Gewitter, dessen Blitze er leuchten sah, dessen Donner er aber nicht hören konnte. Die ganze Nacht hindurch war er von bösen, angstvollen Träumen geplagt; und wenn er sich halb ermunterte, nachdem er erschreckt aus dem peinlichen Schattenspiel aufgefahren war, vermeinte er immerfort den heftigsten Regen auf seinem morschen Dach und vor seinem Fenster zu vernehmen. Das war jedoch nur Täuschung; nur ein nicht starker Wind rauschte die ganze Nacht, von Mitternacht an, in den Bäumen, und die aufsteigende frühe Sonne fand einen wolkenfreien Himmel, ihre Bahn daran durch einen schönen Sommertag zu laufen.

Die kleine Kirchenglocke hatten die Kroaten mit sich fortgeführt; sie konnte die Gemeinde nicht zusammenrufen. Ein Kind, vom Pfarrhaus geschickt, lief von Hütte zu Hütte und sagte an, daß der Pastor zum Dienste am Worte Gottes bereit sei.

Mit Sonnenaufgang hatten der Magister Konrad und Else ihre Hütte verlassen, ohne von dem Dorfkinde aufgefordert zu sein. Lieblich lag der Sonnenmorgen über dem Walde; lieblich erregten sich die Vögel in Baum, Strauch und blauer Luft; und jeder Quell sprang und lief freudiger und mutwilliger in den Johannistag hinein.

Das zahme Reh begleitete die schöne Herrin mit fröhlichen Sprüngen und schmeichelndem Anschmiegen durch den Forst; und der Meister und Vater mit seinem jetzt so weißen, ehrwürdigen Bart und seinem langen Stabe glich wahrlich wohl einem Zauberer, aber einem guten, der ein aus dem Bann und der Gewalt unheimlicher Mächte gerettetes Königskind durch den Forst geleitete.

Bis an den Rand des großen Waldes ging das Reh freudig mit der Herrin, wie im Tanz; doch als ein letzter lustiger Sprung unter den letzten Bäumen es plötzlich in das helle Sonnenlicht brachte, da fuhr es in jähem Schreck zusammen und zurück. Zitternd stand's und sah nach dem

Dorf hinunter, und dann gebärdete es sich ganz seltsam und wollte in keiner Weise leiden, daß die Jungfrau fürderschreite und den grünen Schatten verlasse. Trotz aller Liebkosungen und Beschwichtungen wurde es immer heftiger und ungebärdiger, so daß es zuletzt vom Meister Konrad schier mit Gewalt verscheucht werden mußte. Ach, es redete nur seine Sprache, und die konnten oder wollten die stolzen Menschen nicht verstehen. Betrübt stand es unter den Bäumen und sah dem Meister und der schönen Else nach, wie sie auf dem gewundenen Wege durch die kümmerlich bestellten Felder gegen das Dorf schritten; dann stürzte es im wildesten Lauf durch den Wald und verlor sich im Dickicht, wie gejagt von Angst und Entsetzen.

Schon auf dem Feldwege trafen der Vater und die Tochter mit Leuten zusammen, die ihren Gruß nicht erwiderten, auf freundliche Worte nicht antworteten, sondern sich scheu und mißtrauisch abwendeten und zur Seite weiterschlichen. Deren Blicke und Gebärden warnten deutlicher, als die Augen des Rehes es vermochten; aber die Wanderer ließen sich auch durch sie nicht den Weg versperren, sondern wanderten langsam fürbaß, ein jedes tief versunken in seine eigenen Gedanken, ihrem Ziele zu.

An dem Kirchweg saß ein altes Weiblein, dessen Ruf im Dorfe auch bös war wegen teuflischen Willens und Vermögens, dessen Macht aber zu sehr gefürchtet wurde, als daß man sich an ihm vergriffen hätte. Diese alte Frau hob, als die Jungfrau vorüber schritt, das Haupt von den Knien, winkte mit der dürren Hand und rief mit heiserer Stimme:

»Hüt dich, hüt dich Mägdlein! Hüt dein jung Leben, Liebchen. Dein Schatten gehet vor dir, fall nicht über deinen Schatten! Wer fällt, fällt in seinen Schatten, und nicht alle stehen wieder auf.«

Der Meister Konrad schüttelte nur traurig den Kopf, doch Else von der Tanne nickte dankbar; – mit heiserer Stimme sang die Alte hinter ihr:

»Herzeleins pochend Weben
Kündet dir: Tod im Leben! –
Stirn so weiß und fein,
Denk: Schatten im Sonnenschein!«

Dann legte sie das Gesicht wieder auf die Knie. –

Auf dem Friedhofe vor der Kirche wartete die Gemeinde von Wallrode im Elend ihres Predigers. Die Alten schwatzten untereinander, die Jungen kosten und lachten oder neckten und höhnten einander, die Kinder jagten sich um die Gräber; aber als der Meister Konrad und Else sich zeigten, kam das alles zu einem plötzlichen Ende, und eine solche Bewegung entstand unter dem Volk, daß die Jungfrau jetzt fast ebenso angstvoll wie ihr Rehlein sich an den Vater drängte und dieser unwillkürlich seinen Stab zur Abwehr fester faßte.

»Die Hex'! die Hex'! der Hexenmeister!« ging es anfangs leise, dann immer lauter in die Runde. »Was wollen sie hier? Weshalb kommen sie herab aus ihrem Schlupfloch? Sie sollen bleiben, wo sie sind! Sie sollen nicht herniederkommen ins Dorf! Schlagt sie – treibet sie von dannen – räuchert sie aus!«

Als der Pfarrer Friedemann Leutenbacher in diesem Augenblick auf dem Kirchhofe erschien, wurde auch er bedenklich angesehen und von den erregten Pfarrkindern bedrohlich angegangen, den beiden Fremden den Kirchhof und die Kirche zu verbieten. Kaum vermochte sein heiliges Amt, sein schwarz' Predigergewand und die erhobene Bibel, seinen zürnenden Gegenworten Folge und Gehorsam zu schaffen und dem Magister Konradus sowie der schönen Tochter einen freien Weg zu der Tür des Gotteshauses zu bahnen. Als er sogar die Hand der Jungfrau faßte, sie die zertretenen Stufen hinaufzuführen, da ballte sein Dorf die Fäuste und schrie auf, als müsse nun der blaue Himmel herabstürzen.

Aber der Pfarrer zu Wallrode im Elend sah und hörte nicht; mit erklingendem Herzen führte er Else von der Tanne in sein Gotteshaus und bestieg gleich einem Schlafwandler die nach der letzten Zerstörung roh wieder aufgerichtete Kanzel.

Ihm nach drängte sich der größere Teil der Gemeinde in die Kirche und füllte den Raum mit Gemurr' und Gemurmel. –

Grünes Gezweig rankte sich durch den verkohlten Dachstuhl, durch die scheibenlosen Fenster und die Mauerrisse. Mit dem Grün, der Sonne und der Luft war auch das flatternde, summende, zwitschernde Leben eingedrungen; – lieblich und glänzend war der Tag, lieblich und glänzend war das Gesicht Elses unter der Kanzel, und der Pfarrer Friedemann Leutenbacher sah nicht die Gesichter seiner Gemeinde. Ihm war zumute, als sei er im Wald, mitten im sichern, sonnigen, beseelten Walde und habe nur Else von der Tanne, um zu ihr zu reden. So begann er seine Johannispredigt und wußte nicht, was zu derselben Zeit vor der Tür der Kirche vorging.

Da war ein junges Weib zu einem frischen Grabe gesprungen, hatte drei Hände voll Erde davon aufgegriffene und sie auf die Schwelle der Kirchentür gestreut. Ein wüster, wildblickender Bub von zwanzig Jahren war nach der Linde vor dem verbrannten Gemeindehause gelaufen und hatte von dem Baum, an welchem im Jahre vierundvierzig Hatzfelds Kürassiere den Ortsvorsteher aufhängten, einen dürren Zweig gebrochen. In atemlosem Laufe kam er mit demselben zurück und warf ihn auf die Schwelle der Sakristeitür. Nun waren die Hexe und der Zaubermeister in dem Gotteshause gebannt; – solange die Erde von dem neuen Grabe und der Ast vom Baume des Gehängten auf den beiden Schwellen lagen, konnte kein unheiliger Fuß sie überschreiten.

In herzklopfender Erwartung lauerten die auf dem Friedhofe zurückgebliebenen Leute aus Wallrode im Elend auf das, was nun geschehen werde, jetzt da der eine Zauber durch den andern Zauber gebrochen und zunichte gemacht worden war. In dem Sonnenschein auf und zwischen den Gräbern saßen und standen sie, starr die beiden Pforten im Auge haltend, selber bösen, schadenfrohen, heimtückischen Geistern und Kobolden so ähnlich als möglich. Gierig warteten sie auf das Ende des Gottesdienstes.

In der Kirche gab der Prediger Friedemann Leutenbacher den Leib, der für die Welt gebrochen und das Blut, das für sie vergossen wurde; – alle, die auch ihr Teil Schuld an Elses Tode trugen, tranken aus dem Becher, welchen die Lippen der Jungfrau berührt hatten.

Als der Pfarrer das schlechte Zinngefäß dem süßen Munde der Jungfrau darbot, durchrieselte ihn ein heiliger Schauer, ein Gefühl unendlichen Glückes. Es war Friede in seiner Seele wie auf der Erde; sein Leben war nicht in die Zeit des fürchterlichsten aller Kriege gefallen; in eine einzige Minute fiel die Wonne eines ganzen Daseins, und als dieser Augenblick vorübergegangen war, hatte Friedemann Leutenbacher auf Erden nichts mehr zu erwarten.

Mit einem dumpfen, verworrenen Lärm stürzte seine Gemeinde aus der Kirche, und die auf dem Kirchhofe Zurückgebliebenen schrien ihr entgegen, was sie getan hatten, die Hexe und den Hexenmeister zu fangen und festzuhalten. Ein Schrei tierischer Wut und Lust erhob sich; einen Kreis schloß das Volk um die Kirchtüren.

In dem Gotteshause war der Prediger zu dem Meister Konrad und seiner Tochter getreten; sie vernahmen das Geschrei, und Ehrn Friedemann bat die Fremden, ein wenig zu harren, bis die armen, blöden Leute sich nach Haus verlaufen und den Weg geräumet haben würden. Er ahnete nicht, wie sehr diese Zögerung die dräuende Gefahr verstärkte. Die finstere Vermutung des lauernden Haufens ward zur Gewißheit; es zweifelte auf dem Friedhofe nun niemand mehr, daß die Fremden dem Bösen eigneten, und es war niemand, der nicht mit Eifer einen Brand, ein Holzscheit oder Reisigbündel zu ihrem Scheiterhaufen getragen hätte.

»Gebannt! Gebannt! Sie kann nicht heraus! Sie können nicht heraus! Hex'! Hex'! Hex'! In Christi Namen wollen wir sie nicht mehr dulden! Gebannt! Gebannt!« lief's von Mund zu Mund, und immer wilder wurden Mienen und Gebärden. Man riß Stöcke aus den Hecken und Zäunen, man griff Steine vom Boden auf; aus den nächsten Hütten holte man Äxte, Dreschflegel und Mistgabeln. –

»Gebannt, gebannt! Hex', Hex', Hex'! Sie können nicht heraus, holt sie, schlagt sie, ins Feuer mit der Zauber'schen und dem Hexenmeister!« –

»Sie weichen nicht; lasset uns gehen; sie werden nicht wagen, uns anzufallen«, sagte der Meister Konrad, und Else nickte und flüsterte: »Gott wird uns schützen, jetzt wie immer; ja, lasset uns gehen!«

Den Pfarrer faßte eine fürchterliche Angst; schon hatten sich der Vater und die Tochter gegen die Pforte gewendet, und er konnte nur so schnell als möglich an ihre Seite eilen, ihnen durch seine Gegenwart und Autorität Schutz zu geben.

Zwischen dem Vater und dem Prediger trat Else von der Tanne auf die Schwelle; aber all ihr Mut sank vor dem Geschrei, dem Geheul, mit welchem sie empfangen wurde. Das Blut wich aus ihren Wangen und flutete ängstlich in wilder Hast nach dem Herzen zurück. Sie wankte und faßte krampfhaft den Arm ihres Vaters, und durch die nahenden Ohnmachtsschauer vernahm sie dumpf das widrig-abscheuliche Geheul und den schrecklichen Ruf:

»Hex'! Hex'! Hex'! Schlage tot! Schlage tot!«

Mit erhobenen Händen sprang der Prediger Friedemann Leutenbacher in seinem schwarzen Chorrock vor und rief um Frieden und schrie, daß er sprechen wolle, daß man ihn hören solle.

Seine Gemeinde jedoch, gepackt und geschüttelt vom Wahnsinn der Zeit – seine Gemeinde, außer sich, toll, rasend, wußte nichts mehr von irgendeinem Band, das sie an Himmel und Erde fesselte. Der Ruf des Pfarrers verhallte ohnmächtig, wirkungslos in dem Tumult, dem Geschrei nach dem Blute der beiden Fremden.

»Schlage tot! Schlage tot! Reißt sie von der Schwelle, reißt sie vom Gottesacker – stürzt sie in den Mühlenteich! Schlage tot! Hex', Hex'! Schlage tot!«

Stöcke und Steine, Erdklöße von den Gräbern, Totengebeine, welche die Schaufel des Totengräbers aufgeworfen hatte, alles was zur Hand war, wurde gegen den Meister Konradus, sein Kind und den Pfarrherr von Wallrode im Elend geschleudert. Und aus der Hand des Buben, welcher den dürren Zweig vom Galgenbaume brach, die Hex' und Unholdin in die Kirche zu bannen, flog ein scharfkantiger Kiesel und traf die Jungfrau auf die linke Brust, daß sie mit einem Schrei zusammenbrach und bewußtlos in die Arme des Vaters sank. Einige Tropfen roten Blutes traten auf ihre Lippen, und gräßlich jauchzte das Volk, als es die schlanke herrliche Gestalt zusammenknicken und sinken sah. Aber mit einem Schrei, der schier nicht aus einer Menschenbrust zu kommen schien, sah der Pfarrer Friedemann Leutenbacher Else von der Tanne fallen und das Blut über ihre Lippen brechen. Auch er vergaß sich, wie sein Dorf, er kannte sich nicht mehr; tausend Fratzen tanzten vor seinen Augen, alle die Narben, die er an seinem Körper und in seiner Seele trug, brannten in diesem Augenblick wie höllisches Feuer; vom Wahnsinn gepackt und geschüttelt wurde auch er. Von den Stufen der Kirchtür war er herabgesprungen, mit gewaltiger Faust hatte er den Mörder Elses von der Tanne zu Boden geschlagen und verfolgte mit einem Totengräberspaten, den er einer andern Hand entriß, das entsetzte Volk über die Gräber. Verwirrt, betäubt, verstört entfloh die Menge, und der Gottesacker war leer; – nur aus der Ferne blickten die atemlosen Bewohner von Wallrode stier und starr nach der Pforte des Friedhofes und nach der Mauer, die ihn umschloß. Schaudernd erwachend, ließ der Prediger den Spaten sinken und kniete mit dem Vater neben der verwundeten Jungfrau.

Bleich und regungslos, mit geschlossenen Augen, doch ohne den geringsten Zug des Schmerzes im Gesicht, lag Else von der Tanne auf den Stufen der Kirchtür in den Armen ihres Vaters. Die kleinen Vögel, welche der Lärm aus den Bäumen des Friedhofs verscheucht hatte, kamen zurück, hüpften von Zweig zu Zweig und reckten zwitschernd die Hälse und sahen neugierig herab auf die stille, traurige Gruppe, wußten sie aber so wenig zu deuten wie den Aufruhr und das schreckhafte Getös vorhin: harmlos spielten sie ihr heiteres Sommerdasein im Sonnenlicht und grünen Gezweig weiter. Der Magister und der Prediger trugen die bewußtlose Jungfrau zuerst in das Pfarrhaus, wo sie den heißen Tag über lag und niemanden kannte. Erst als der Abend nahete, erwachte sie und seufzte tief und sah fragend sich um. Langsam kam die Erinnerung, und als sie kam, schloß Else schaudernd und erzitternd die holden Augen zum zweitenmal. In der sanften Kühle des Abends trugen der Meister Konrad und der Pfarrer Friedemann Leutenbacher die verwundete Maid auf ihren Wunsch in den Wald zurück, und alles Jammers waren sie voll. Niemand folgte ihnen als das alte Weiblein, welches schon am frühen Morgen am Wege saß und so warnend sang. So rot war der Schein der Abendsonne, daß man nicht sah, wie bleich, wie bleich die Stirn der Jungfrau war; – als die Träger der leichten Last die ersten

Bäume des großen Waldes erreichten, ging der Mond auf, und das Reh stand und wartete auf die Herrin – – – – –

»Er hat mich in Finsternis gelegt wie die Toten in der Welt!« wiederholte Ehrn Friedemann Leutenbacher zu Wallrode im Elend, trat an seinen Tisch und zeichnete drei Kreuze unter die Predigt für das Weihnachtsfest des Jahres sechzehnhundertachtundvierzig. Martina hatte jetzt das Lämpchen auf den Tisch gestellt, ohne deshalb anzufragen, sie hatte auch einen Laib Brot und ein Messer neben die Predigt gelegt; – die weiße Katze saß aufrecht im Stuhl des Pfarrers und sah mit grünlich leuchtenden Augen in das Licht und auf das Brot. In diesem Augenblicke pochte jemand an das Fenster, und Ehrn Friedemann fuhr zusammen, als habe ihn die Hand des Todes berührt. Einen kurzen Moment zögerte er, dann aber öffnete er das Fenster, welches der Wind ihm fast aus der Hand riß. Heulend drang der Sturm in das Gemach und trieb den Schnee bis auf den Tisch. Die Lampe erlosch, die Blätter der Predigt wurden durcheinandergeworfen und in die Ecken gewirbelt; mit einem entsetzten Satz verkroch sich die Katze unter dem Ofen.

»Wer ist da? Was will man zu solcher Stund’?« rief der Pastor; zwei dürre Hände klammerten sich an das Fensterkreuz und eine alte, alte, keuchende Stimme kreischte:

»Gebet mir ein Stück Brot für meine Nachricht: Else von der Tanne muß sterben in dieser Nacht.« Der Pfarrer von Wallrode sprach kein Wort, er fiel schwer nieder auf beide Knie und faßte ebenfalls das Fensterkreuz mit beiden Händen. Die Stimme draußen fuhr fort:

»Die schöne Else muß sterben; ich aber kann’s nicht; gebet mir ein Stücklein Brot. Der Wolf ist mir ausgewichen auf meinem Weg, der fallende Ast hat mich nicht treffen dürfen, der Schnee hat mich nicht verschüttet im wilden Walde. Ich bin so alt, so alt – und die schöne, junge Else muß sterben. Gebet mir ein Stück Brot!«

Der Prediger hat sich wieder erhoben, er tastete mechanisch und reichte dem gespenstischen Wesen da draußen, welches die schöne junge Else um den Tod beneidete, den schwarzen Laib und das Messer.

»Im Namen Gottes und aller seiner guten Geister Dank!« kreischte die Stimme, und dann kam ein neuer Sturmesstoß und jagte solche neue gewaltige Lasten des Schnees heran, daß die Lichter der Hütten, dem Pfarrhaus gegenüber, gänzlich verschwanden. Nun war es fast, als habe der Sturm das alte Weib wieder entführt, wie er es brachte.

Vergeblich rief der Prediger den Namen desselben, der Schall seiner Stimme ging in dem Brausen und Zischen verloren. Niemand antwortete, eine Minute lang war’s dem Pfarrer, als ob es gar keine Menschenstimme, nicht die Stimme jenes alten Weibes, das am Johannistag am Wege saß, gewesen sei, welche ihm das Wort, daß Else von der Tanne sterbe, ins Fenster gekreischt habe. Ein böser Geist, welcher auf den Sturmwolken fuhr, hatte es ihm ins Ohr geschrien; eine Menschenstimme konnte solch kalt, grimmig Erschrecken nicht einjagen, konnte solche furchtbare Vernichtung nicht bringen.

Else, die schöne, junge Else stirbt! Else stirbt! Else stirbt! – Der Pfarrer von Wallrode im Elend faßte mit beiden Händen die Stirn; – war es doch Wahrheit? War die Stunde da, die kommen mußte? War die Stunde gekommen, die seit dem Tage Johannis des Täufers langsam, drohend, unabwendbar heranschlich?

»Sie stirbt – Else von der Tanne stirbt!« stöhnte der Pfarrherr. Er tastete nach der Tür und wankte hinaus.

Auf der Flur stand Martina mit ihrer Lampe.

»Um Jesu willen, Ehrwürden, was ist Euch geschehen? Was wollt Ihr tun? Ehrwürden, wollt Ihr fort? Bei diesem Wetter?«

Ehrn Friedemann schien die treue Dienerin gar nicht zu erblicken; er ging an ihr vorüber, er stand vor dem Haus im Sturm und tiefen Schnee; mit dem Mantel verhüllte er das Gesicht und schritt durch das Dorf, dem Wind und Flockengewirbel entgegen, dem Walde zu. Das Gebell der Hofhunde verhallte hinter ihm; er war allein mit seinen wilden Gedanken in der wilden Nacht.

Von dem freien Felde zwischen dem Dorf und dem Forste hatte der Wind den Schnee so rein weggefegt, daß der kahle, schwarze Boden nackt in dem seltsamen Dämmer dalag, und entsetzlich war dieser Wind auf diesem Gange. Er trieb den Atem in die Brust zurück, als wolle er sie zersprengen, wütend griff er in die Haare, die Mantelfalten des Wanderers, um ihn zu Boden zu werfen, in rasenden Sprüngen und Sätzen schnaubte er gegen das Dorf Wallrode hinab und jagte das weiße Gestäube vor sich her.

Als der Pfarrherr den Rand des Waldes erreichte, hätte er sich selber zu Boden werfen mögen, um die keuchende Brust ausatmen zu lassen. Wie Schlachtendonner rollte es durch das Gebirge – Geächz' und Stöhnen, Gekrach' und Geknirsch', wie von den Grenzen der Erde her!

Wo das hübsche Reh die blutende Else mit fröhlichen Sprüngen und Schmeichelgebärden empfing, lag der Schnee mannshoch; im Walde konnte der Sturm nicht also sein Spiel mit ihm treiben; – in manchen Gründen war die Luft so still wie hinter einer hohen Mauer, und nur das Gebrüll zu Häupten und das Ächzen und Wiegen der Stämme war hier ein Zeichen, wie's von Wipfel zu Wipfel, von einer Höhe zur andern in die Ebene hinausfuhr.

Die Kinder und die Irren hält Gottes Hand fest auf ihren Wegen; – seinen Weg durch den verschneiten Wald konnte der Pfarrer von Wallrode nur durch ein Wunder finden. In seinem zerrütteten Gehirn war jetzt seltsamerweise nur alles liebliche Frühlings-und Sommerglück der letzten elf Jahre lebendig. Wo er brusttief in dem aufgehäuften Schnee versank, da hatte die kleine Else aus den Stengeln der gelben Butterblumen Ketten geschlungen und das uralte Kinderlied vom guten Bischof Buko von Halberstadt den Pastor von Wallrode gelehrt. Wo die große Eiche, die tausend Jahre lang allen Ungewittern trotzte, niedergebrochen war, hatte Else von der Tanne in jungfräulicher Schöne ruhig und still gestanden und dem fernen, fernen Rollen und Donnern in der Ebene gelauscht, wo die Schweden unter ihrem General-Leutnant Königsmark sich mit den Kaiserlichen jagten. Vor dem Eingange der schwarzen Höhle, in welcher sich die Gemeinde, um der Wut des Feindes im Jahre sechzehnhundertneununddreißig zu entgehen, verborgen hatte, stand ein Wolf; aber er griff den irrenden Wanderer so wenig an, wie er die irre Justine angegriffen hatte; mit winselndem Geheul wich er in das Innere der Grube zurück.

Als der Prediger in den Bezirk der hohen Tanne gelangte, hörte das Sausen und Brausen in den Lüften und Wipfeln plötzlich auf, und als Friedemann Leutenbacher das Licht der Hütte des Meisters Konrad durch die Stämme schimmern sah, endete auch der Schneefall, und es wurde nach all dem Aufruhr zwischen Himmel und Erde ganz still. Aber in dieser unerwarteten gespenstischen Pause fühlte der nächtliche Wanderer erst im vollsten Maße die übermenschlichen Anstrengungen und Mühen des zurückgelegten Pfades. Die Pulse klopften, die Knie und Hände erzitterten, mit einem tiefen Seufzer griff Friedemann Leutenbacher nach einem überhängenden Baumzweig, um sich aufrecht zu erhalten. Heiß und keuchend war sein Atem, seine Augen, von der Gewalt des Windes ausgetrocknet, brannten, rings um ihn her belebte sich die Schneedämmerung und die Finsternis des Forstes mit tausendfachen wirbelnden Gestalten seiner fiebernden Phantasie – er hätte in seiner Angst laut aufschreien mögen und vermochte doch keinen Ton hervorzubringen! Es war ihm, als kämpfe er noch immer gegen den Sturm und die Gefahren des Weges an, um das ruhige Licht in der Hütte zu erreichen; und es war ihm, als weiche dieses Licht immer weiter, weiter, weiter zurück; und es war ihm, als werde er ihm in alle Ewigkeit so zum Tode erschöpft und in solch namenloser Angst folgen müssen.

Dieser Zustand währte wohl eine Viertelstunde lang; dann endete er, wie der Sturm geendet hatte.

»Else von der Tanne stirbt! Else von der Tanne ist tot!« sagte der Prediger von Wallrode im Elend mit tonloser Stimme und schritt durch den Raum, der ihn von der Hütte des Meisters Konrad trennte.

Nur fußtief lag der Schnee hier zwischen den Stämmen, aber gegen die Hütte selbst war er in desto gewaltigeren Massen getrieben worden. Der Pfarrherr von Wallrode, vermochte es kaum, sich einen Weg zu dem niedern, engen Fenster zu bahnen; endlich gelang es ihm doch, und er stand und blickte stier und starr in das Gemach, allein die Scheiben waren so sehr vom Hauch beschlagen, daß er nur unbestimmte Schatten sah; er mußte die mühevolle Arbeit von neuem beginnen, um zu der Tür der Hütte zu gelangen.

Er pochte, doch zuerst regte sich nichts darinnen; er pochte zum zweitenmal, und dann hörte er den schweren Tritt des Magisters.

»Wer ist da? Hier innen ist der Tod – das Leben ist entwichen aus diesem Haus.«

»Öffne, Vater«, sagte der Prediger von Wallrode.

Der Meister Konradus schob den Riegel zurück, und Friedemann Leutenbacher trat in die Hütte; stumm wandte sich der Meister, und Friedemann stand vor der Leiche Elses von der Tanne. – – – – –

Sie lag auf ihrem Lager wie eine Schlafende; der Vater hatte ihr bereits die Arme über der Brust ins Kreuz gelegt; sie schien zu lächeln, und die Ruhe des bleichen Gesichtes war mehr als jegliches Mienenspiel irdischen Behagens, irdischen Glückes.

Das zahme Reh stand neben dem Bett und hatte seinen schlanken Hals, sein Köpfchen auf die Decke gelegt, die weiße Waldtaube, welche vor zwei Jahren aus dem Neste gefallen und von Else aufgezogen war, saß zu Häupten des Lagers auf dem Bettpfosten und sah auf die bleiche Herrin.

»Um fünf Uhr, als der Sturm anhub, ist sie gestorben«, sagte der Vater. »Ich dachte nicht, daß es so bald sein würde; sie ist aber ohne Schmerzen fortgegangen, hat den großen Sturm nicht mehr erlebt; – – sie ist tot.«

»Sie ist tot!« wiederholte Friedemann Leutenbacher, der Pfarrherr zu Wallrode im Elend, und kniete neben dem Lager nieder. Der Meister Konrad setzte die Lampe, welche er bis jetzt über das stille Haupt der Tochter hielt, auf den Schemel und stand in der Dämmerung am Fußende des Bettes, ohne sich zu regen.

Ohne das Gesicht zu erheben, sprach der Prediger nach einer Weile:

»Saget mir mehr von ihrem Abscheiden, Vater; als ich gestern abend Abschied nahm, sagte sie, sie würde leben, eine Stimme in ihrem Herzen habe es ihr versprochen.«

Der Vater neigte das Haupt:

»Sie lebt – die Stimme, welche sie vernahm, spricht keine Lügen. Sie lebt; wir aber sind tot und werden sie nimmer wiedersehen.«

Ein Schauer lief über den Leib des Predigers; der Meister Konrad fuhr fort:

»In der vergangenen Nacht litt sie große Schmerzen; ich hielt ihre Hand und wich nicht von ihr, bis zum Morgen. Als der Morgen kam, schlief sie ein und schlummerte wohl drei Stunden; dann erwachte sie, grüßte mich und wußte nichts mehr von den Qualen der Nacht. Sie sorgte um ihre Tiere, Reh und Täublein, und sah sie neben ihrem Bett essen. Ich aber sah, daß sie kränker war denn je; sie selber wollte weder essen noch trinken, ihre Stimme war wie ein Hauch. Sie sprach von dem heiligen Feste und sorgte um Euere Predigt, so Ihr, Friedemann, dem armen Volke im Dorfe zur Weihnacht halten würdet. Er soll meiner nicht gedenken, sprach sie – die Liebe Gottes ist über allem; – er soll das Vergangene von sich werfen und soll der Kinder gedenken und zu den Alten reden wie zu den Kindern; wir sind so glücklich, glücklich gewesen in ihrem Wald, und als sie die Steine auf uns warfen und mich trafen, wußten sie nicht, was sie taten. Er soll um meinetwillen den armen Leuten nicht länger zürnen, redete sie weiter, ich werde es gewißlich in meinem Herzen fühlen, wenn er morgen hart zu ihnen spricht. – – Ich erinnerte sie an das Versprechen, so Ihr über dieses ihr gestern gegeben hattet, und sie lächelte und sagte, sie wisse es. Um Mittag kam die alte Justine, die seit dem Johannistage ihre Freundin ist, um sich an unserm Herde zu wärmen, und die blieb bei uns bis zu einbrechender Dämmerung. Da der Kranken Zustand nicht schlechter geworden zu sein schien, so war allmählich wieder Ruhe in meine Seele gekommen, und ich saß am Fenster und hatte Platonis hohes Buch Phädon vor mir aufgeschlagen; die Sanduhr zeigte vier Uhr nach Mittage an. Da tat die Justine plötzlich einen Schrei und hob beide Arme, und ich war aufgesprungen und sah auf meine Tochter.

›Der Tod! Der grimme Tod!‹ schrie die Alte im Wahnsinn und stürzte aus der Hütt' hinaus in den Wald und floh wie gejagt von tausend Larven und Schrecknissen; aber meinem Kind saß der Tod am Herzen. Heimtückisch war er herangeschlichen, und ich hatte es nicht gemerkt. Sie lag mit offenen Augen und sah mich an, wie sie es noch nie getan hatte; – sie regte sich nicht, sie sprach nicht mehr; aber sie kannte mich und wollte mich durch ihre Augen trösten; – gegen fünf Uhr ist sie gestorben. Ich habe sie vergeblich in der Wildnis verborgen – weh, es ist keine

Rettung in der Welt vor der Welt – – um fünf Uhr ist sie gestorben, und der große Sturm erhob seine Stimme im Wald, sie aber hörte dieselbe nicht; – sie ist sicher und lebt; aber wehe uns!«

Jetzt erhob der Prediger von Wallrode im Elend das Gesicht von der Leiche; er ließ die Hand auf den kalten Händen der toten Else liegen und rief:

»Jawohl, wehe uns! Es ist geschehen – Gottes Wille ist vollbracht. Er hat seine Hand abgezogen von der Erde, er hat die Völker verstoßen und uns vernichtet – es ist keine Hoffnung und kein Licht mehr in der Welt und wird auch nimmer wieder kommen. Wir haben uns gesträubet gegen seine mächtige Hand und sind geschlichen wie Diebe in der Nacht mit unserm und der Erde letztem Schatz und Edelstein, ihn seinem Auge zu verbergen: Er aber hat uns aufgefunden, über uns gehauchet und uns geschlagen mit der Geißel des Zornes; er hat unser gelachet und gegriffen, was sein war. Wer will sich nun fürder wehren? Es ist nicht nütze und verlohnet der Mühe nicht! Lasset der Sünde und der Schande Strom schießen und brausen; – wer will noch Dämme bauen gegen des Herren Willen? Der Herr spottet der Erde, und seinem Lachen lauschet der Antichrist in der Tiefe, stehet und ruft den Seinen: Wacht auf, wachet auf, ihr Fürsten der Nacht! – Der Schein Gottes gehet aus der Welt; stehet zu den Riegeln, ihr Gewaltigen, die Pforten des Abgrundes aufzuwerfen – unser ist das Reich.«

»Der Schein Gottes ist für uns aus der Welt gegangen – für uns ist das letzte Fünklein erloschen. Mein Kind lebt; aber wir, die wir Atem holen, liegen unter dem Fuße des Todes.«

Friedemann Leutenbacher hatte sich von den Knien erhoben; noch einmal sah er die tote Else mit einem langen Blicke an; dann schritt er aus der Hütte, und der Magister Konrad machte keinen Versuch, ihn aufzuhalten; er fragte ihn nicht, wohin er gehe, er wußte es nicht, daß der Prediger von Wallrode ihn neben der Leiche der Tochter allein ließ.

Der Wind hatte seine Stimme wiederum erhoben; doch nicht so laut denn zuvor. Im Kreise schritt Friedemann Leutenbacher um die Hütte an der hohen Tanne, rang die Hände und rief den Namen:

»Else! Else!«

Ihm antwortete niemand, sogar den Widerhall schien der Schnee im Walde erstickt zu haben. Die Nacht war jetzt so dunkel wie jene andere furchtbare Nacht, deren Nahen der Prediger so wild in seinem Schmerz verkündet hatte. Das Licht in der Hütte war plötzlich verschwunden, sei's, daß die Lampe erlosch oder daß der Meister Konrad sie an eine andere, verborgenere Stelle gesetzt hatte; – Ehrn Friedemann Leutenbacher verlor sich in der Wildnis.

Er wanderte und wußte nicht wohin.

Durch tiefen Schnee und über kahle Flächen, Berg auf und ab, weiter und immer weiter jagte ihn die unendliche Angst seiner Seele. Er fiel und richtete sich empor; er zerriß die Hände und die Gewänder und das Gesicht an den Dornen; er sank von neuem zu Boden und sagte abermals:

»Er hat mich in Finsternis geleget wie die Toten in der Welt.«

Allmählich war es bitter kalt geworden, und nur noch einmal gelang es dem Unglücklichen, sich zu erheben und weiter zu schwanken. Ohne es zu wissen, stieg er immer mehr aus den Tälern empor, zu jener Höhe, von welcher man die weiteste Aussicht aus dem Walde in das Land hatte, von welcher er Elsen von der Tanne Städte und Dörfer, Fluß und Bach bis in die weiteste Ferne gedeutet hatte. Er hörte eine ferne Glocke, nannte den Namen eines Fleckens und strich mit der Hand über die Stirne und sagte, daß es Mitternacht sei.

Er stand schaudernd in dem pfeifenden, eisigen Winde und legte lauschend die Hand an das Ohr wie jemand, der erwartet, daß man seinen Namen rufen wird. Nachdem er lange Zeit so gestanden hatte, schüttelte er das Haupt und sank langsam in sich zusammen.

Sein Kopf ruhte auf einem Felsstück, sein Leib streckte sich lang, seine Hände mit den blutroten Narben um die Gelenke kreuzten sich über der Brust – Friedemann Leutenbacher, der Prediger am Worte Gottes zu Wallrode im Elend, glaubte jetzt, er liege in seinem Sarge und der Deckel über ihm; während er aber dumpf darum grübelte, wie es komme, daß er noch von sich wisse und denke, entschlief er und ging in einem Traume fort, ging hinüber auf dem Wege, den Else von der Tanne gegangen war.

Seine Wunden waren geheilt, seine Ketten abgefallen, die Mauern seines Gefängnisses waren gebrochen, und die Pforte war aufgerissen. Else von der Tanne hatte dem Prediger Friedemann Leutenbacher das Glück gebracht, als ihr Vater sie, ein hold klein Kindlein, auf dem Arm in den Wald trug, um sie vor der bösen Welt zu retten; Else von der Tanne hatte das Glück Friedemann Leutenbachers nicht mit sich fortgenommen, als der Welt Elend und Jammer sie doch ausfand und ihr das Herz zerbrach; – Else von der Tanne führte die Seele des Predigers aus dem Elend mit sich fort in die ewige Ruhe. Ihnen beiden war das beste gegeben, was Gott zu geben hatte in dieser Christnacht des Jahres eintausendsechshundertvierzigundacht. –

Der Magister Konradus hat sein Kind begraben mitten in der Wildnis, fern von den Menschen; des Predigers Leiche aber haben die Bauern am zweiten Weihnachtstage nach langem Suchen gefunden, sie aus dem wüsten Walde hinab ins Dorf getragen und sie neben der Kirche in die Erde gelegt.

Der Meister Konrad hat den Winter durch noch in der Hütte gewohnt um des armen Rehes und der Taube willen; aber im Frühling, als die Tiere seiner nicht mehr bedurften und endlich jedermann wußte, daß der Friede geschlossen sei zu Osnabrück, ist er fortgegangen. Die alte, arme, irre Justine ist ihm am Bettelbrunnen begegnet, hat seinen Schatten vor ihm am Boden und einen schwarzen aufrechten Schatten ihm folgen sehen und gesagt, das letzte sei der Tod gewesen.

Heute sind von dem Dorf Wallrode im Elend nur noch geringe Trümmer im Wald zu erblicken; es ist nicht auszusagen, nicht an den Fingern herzuzählen, was niederging durch diesen Krieg, welcher dreißig Jahre gedauert hat.